Kobenhavnertrilogi III

Gift

毒藥

Tove Ditlevsen

托芙・迪特萊弗森＿＿著　吳岫穎＿＿譯

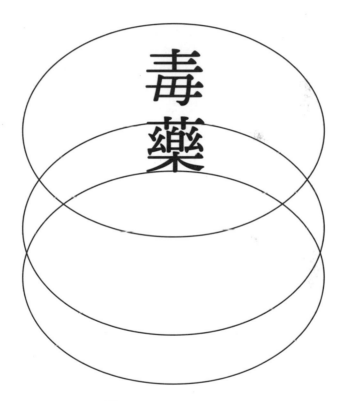

誠摯推薦

《毒藥》寫得非常精簡——相對於作者驚濤駭浪的四次婚姻而言，但每一行的坦誠與敏銳都令人震驚。一個女人在不同的婚姻中，始終保有自我的世界——無論迷醉或清醒。即使明知災難性的結局在等待，我都忍不住想要像她那樣活。

——鴻鴻（詩人）

我必須反問，這看似回憶錄的獨白書寫方式，主角真的是托芙本人嗎？前陣子我做了一個單人表演，也在這虛構與真實裡試圖實驗一種更逼近「現實」的東西。我知道只要我使用自己的身分（演員或作家），用自己的本名稱呼自己，大部分的觀眾就會以為「我」說的都是「真的」。作者托芙曾在訪談中說，「一切都是杜撰的」。然而，無名的主人翁是不是托芙，對我來說一點都不重要——故事，本來就可以是任何一個人的。

——鄧九雲（演員、作家）

齊聲讚賞（按姓名筆劃排序）

王盛弘（作家）、林婉瑜（作家）、袁瓊瓊（作家）、郝譽翔（作家）、崔舜華（作家）、陳又津（小說家）、廖偉棠（詩人、作家）、趙又萱 Abby Ch.（作家、編輯）、劉中薇（編劇、作家）、蔣亞妮（作家）

年度選書

哥本哈根三部曲是一幅令人心碎的藝術家肖像。迪特萊弗森以精確而殘酷、極度自我意識的方式，反思了她的生活。從希特勒上台期間、她動蕩的青年時期，到她發現心中對詩歌的熱情，再到後來多次破裂的婚姻。雖然這些故事是幾十年前的作品，但她筆下所捕捉到那些複雜的女性生命旅程，是永恆的。

——《時代雜誌》非虛構類年度選書

偉大的文學，經典級的作品！令人激動的閱讀經驗，種種感動都告訴我們：這是大師級的經典傑作。哥本哈根三部曲，充滿讓人戰慄且讚歎的天賦。三部曲堪稱是迪特萊弗森華麗的回憶錄。以一種讓人驚嘆的清晰、幽默和坦率呈現，不僅照亮了世界的嚴酷現實，同時也點燃了我們私密生活裡那些難以言喻的衝動。

——《紐約時報》非虛構類年度選書

托芙的才華如此耀眼。就像艾莉絲．孟若，托芙是一位濃縮大師，短短幾頁便能捕捉婚姻生活整個故事。身為天生的作家，她憑著一股殺手本能，喜歡用引人入勝的章節開頭撲向我們。她持續訴說自身的被動與無能為力，但正是如此的特質讓本書充滿希望。即使寫作無法讓她擺脫自身命運，最終卻讓她超越了世界的期望，並以她自己的方式找到了真相。托芙創造了一個親密的世界。既悲慘又有趣，包含了吸引人的文字——即使翻譯成不同的語言，你也會想要大聲朗讀出來。

——美國公共廣播電台（NPR）年度選書

國際盛讚

充滿渲染力與生猛勁道的懺情告白。大師級的傑作。——《衛報》

為邊緣人的心靈所寫下的美麗敘事。——帕蒂・史密斯（Patti Smith）

令人不安的耀眼光芒，大師之作。——*VOX*

浪漫，卻又令人毛骨悚然，最終是毀滅。托芙被她自己敏銳的智慧所標記、傷害。她勇敢向讀者展示了自己，促使我們反思自己的傲慢。

——《紐約客》（*The New Yorker*）

語言優雅，自然、敏感、真實——充滿令人愉悅的精確震撼及觀察，而非我們通俗閱讀經驗裡所習慣的期待。這種體驗讓人暈眩，就像托芙進入了你的腦海重新布置所有的家具，而不一定是為了讓你感到舒適。本書的閱讀經驗正如情節緊湊的驚悚片，即便你想放下，卻已無法放手。

——《紐約書評雜誌》（*The New York Review of Books*）

哥本哈根三部曲的閱讀體驗帶著特殊的傑作體悟，有助於填補一種特殊的空白。三部曲的到來就像是在老舊辦公室抽屜深處發現的東西，被隱藏在襪子、香包和已故戀人照片的祕密裡。令人驚喜的，不僅是因為彷彿墨水未乾涸、方才寫就的那種即時與生動，更是因為這些故事——都是真實存在。

——《紐約時報書評》（*The New York Times Book Review*）

逐漸沉溺於成癮和瘋狂的過程非常出色。閱讀時的即時感與臨場感是哥本哈根三部曲與當代自傳小說的區別所在。她的寫作技術如此嫻熟，讓讀者在不知不覺中就能透過另一個人的思想體驗世界。

——《華爾街日報》（*The Wall Street Journal*）

哥本哈根三部曲是絕對的傑作，尤其是最後的終曲。這套作品如我們預期一樣出色，也出人意料地強烈和優雅，清晰而生動。

——《巴黎評論》（*The Paris Review*）

令人震驚之作……托芙的思緒隨著日記般的節奏自由流動，但在敘述中卻帶著獨特敏銳的觀察，告解似的書寫中散發鋒利的光芒……在她激烈冒險和特立獨行的人生中，這部大師之作堪稱是她的傳奇成就。

——《出版人週刊》，星級評論（*Publishers Weekly, starred review*）

讀者將從三部曲中發現，托芙無情的自我審視是多麼令人欽佩而又令人震驚。

——《書單》（*Booklist*）

有些作家的文筆恍若水龍頭中源源不斷的冰冷水流刺傷我們的手，有些作家的散文散發著溫暖的氣氛而令人愉快。丹麥作家托芙兩者兼具。她的文筆直截了當，簡單明快，卻催眠式的召喚出我們的閱讀渴望，在其藝術家生活和正常人間的故事裡拉扯。

——《波士頓環球報》（*The Boston Globe*）

沒有人像丹麥詩人托芙這樣，對童年有著如此令人難忘的描寫，或者同時運用如此多的希望和不祥的預感來描述寫作的衝動。

——*4 Columns*

就像擁有百年歷史的玻璃藝術精品，托芙的文字優雅、透明，帶有輕微扭曲的華麗紋路卻仍散發未受影響的美麗，但這種無縫的表面，只不過掩蓋了現實中令人不安而生畏的聲響。

——《洛杉磯書評》（*Los Angeles Review of Books*）

哥本哈根三部曲以真實的親身體驗和耀眼的第一人稱描繪出動人的故事。托芙將泥濘般不適且難以忍受的生活盡收眼底，且將其打磨成了尖銳的玻璃。

——《泰晤士報文學增刊》（*The Times Literary Supplement*）

強烈而優雅。

——《每日電訊報》（*The Daily Telegraph*）

托芙緊繃又直接的文風就像一道耀眼的光芒，揭示了二十世紀哥本哈根藍領階層女性的生活和愛情樣貌。

——《*STYLIST*》雜誌

Contents

1 譯注：丹麥語的原書名為「Gift」，作為形容詞意指「已婚」，作為名詞則意指「毒藥」，作者以此為書名有雙關寓意。

◎ 韋斯特布羅廣場一景。作者到診所尋求墮胎幫助時，正逢聖誕佳節將至，曾提及廣場已掛滿了聖誕節慶裝飾。

◎ 托芙・迪特萊弗森紀念廣場，位於哥本哈根。石凳上印著作者的詩句，引用自其知名詩作〈永恆的三〉。

◎ 作者在一九七六年自殺身亡，上千民眾出席她的葬禮哀悼。如今安葬在韋斯特墓園，兒子亦葬在同一處。

第一部

1

客廳裡的一切都是綠色的——綠色的牆、綠色的地毯、綠色的窗簾，而我總是身在其中，如畫一般地存在。每天清晨五點左右，我醒來，坐在床緣書寫，寒意讓我不禁蜷縮著腳趾；時值五月中旬，暖氣已經關了。我獨自睡在客廳，因為維果．F．莫勒爾（Viggo F. Møller）[2]獨居多年，一時間無法習慣身旁睡著另一個人。我理解，也覺得完全沒問題，因為這樣一來，清晨的時間就完完全全只屬於我了。我正寫著我的第一部小說，而維果．F並不知情。我有預感，如果他知道了，絕對會給我許多意見和指正，正如他對待為《野麥子》（*Hvid Hvede*）[3]撰稿的那些年輕人一樣。如此一來，一整天在我腦海裡蠢蠢欲動的句子都會被截斷。我在廉價的黃色草稿紙上書寫，因為我如果使用他那台聒噪的打字機來打字——那台古舊，應當屬於國家博物館展覽品的打字機——絕對會吵醒他。他睡在面朝後院的臥房裡，早上八點鐘才需要叫醒他。他起床後會穿著白色繡紅邊的睡衣，擺著一張令人厭惡的臉，去洗手間。我開始泡咖啡，在四片麵包塗抹上奶油。我會在其中兩片麵包塗著厚厚一層奶油，因為他喜歡一切油膩的事物。我竭盡所能逗他歡喜，因為我始終對他充滿感激之心：他娶了我。我知道這一切都有點不對勁，然而我還是

2 譯注：一八八七年～一九五五年，丹麥作家、編輯，曾擔任文學期刊《野麥子》的總編輯。

3 譯注：丹麥文學期刊，一九二〇年創刊時刊名為《麥粒》（*Hvedekorn*），後改名《丹麥年輕人文學》（*Ung dansk Litteratur*），一九三〇年在維果・F擔任總編輯時改名為《野麥子》，主要發表年輕創作者的詩和漫畫創作。

小心翼翼地不進一步去思考這件事。維果・F從來不曾用手挽過我，這讓我有些不舒服，就像鞋子裡藏著一顆石頭那樣。我感到不自在，認為問題出在自己，或許我在某種程度上，沒有達到他的期望。當我們面對面坐著喝咖啡時，他讀報，也不允許我和他說話。而我的勇氣，開始如沙漏裡的沙子一般，莫名地流瀉。我瞪著他，看著他的雙下巴如何從襯衫的衣領邊際漫溢出來，並且微微震動。我望著他纖小的雙手如何急促、焦慮地擺動；以及他那一頭厚重得宛如假髮般的灰髮——因為他那張紅潤、毫無皺紋的臉，比較像是一個禿子。當我們終於展開對話時，卻常是討論他晚餐想吃什麼或我們該如何縫補遮陽窗簾裂縫等，無關痛癢的瑣事。只有他在報紙找到一些讓人振奮的消息，我才會覺得高興，例如那天新聞報導占領軍在禁止酒精交易一星期後終於解禁、我們能再次購買酒精飲料的時候。當他張開只剩下一顆牙的嘴巴對我微笑、出門時拍拍我的手說再見的時候，我也會覺得高興。他不想裝假牙。他說，他家族裡的男人們都只能活到五十六歲，所以他大約只剩下三年的壽命，何必花這筆錢。他的小氣過於明顯，我的母親當時對他維持生計能力的高評價，完全是錯估了。他從來沒有送過我一件衣服。當我們傍晚出門拜訪一些名流時，他搭乘電車，我則騎著腳踏車以極快的速度與電車平行，好讓他想要看見我的時候，我能在車外向他揮手。他讓我負責家裡的開銷預算，當他查看時卻認為每樣東西都太貴。帳目無法平衡時，我就會寫上「綜合開銷」，這會讓他非常生氣，因此我總是小心翼翼地不忽視任何一項開銷。他也總是抱怨我請傭人來家裡幫忙，認為我反正在家也無所事事。但是我不能也不願意處理家務，這點他不得不讓步。當我看見他越過一片綠色草坪，前往停在警察局外的電車時，我也會覺得高興。我向他揮揮手，轉身背向窗子，便把他徹底遺忘了，直到他再次出現為止。我淋浴，看著鏡子裡的自己心想，我才不過二十歲，但是我們彷彿已經結了一輩子的婚。我才二十歲，而我覺得在這綠色客廳以外的人們都過著疾速奔馳的人生，就如定音鼓和筒鼓的聲響般急促；與此同時，日子卻如塵埃般不知不覺地掉落在我身上，日日重複著。

穿好衣服，我跟顏森（Fru Jensen）太太討論晚餐，並擬了一張購物單。顏森太太沉默寡言，個性內向，她覺得有點委屈，因為她再也不能像從前一樣單獨待在這裡。「算了，」她喃喃自語，「這把年紀的男人居然娶了一個年輕女孩。」她聲量很小，我無需回她，而且我也不能被她干擾。因為我時時刻刻都在想著我的小說，我已經擬了題目，但還不知道這將會是怎樣的一部作品。我只是寫，或許這將是一部好小說，或許不是。最重要的是，書寫的時候，我感到快樂，這是我一直以來的感覺。我感到快樂，並且遺忘了週遭的一切，直到我提起褐色的斜肩包出外逛街為止。當我走在街上，就會再次陷入早晨的愁雲慘霧，因為我眼裡只看見那一對對陷入愛河中的情侶們，手牽著手，互相凝視彼此。我幾乎無法承受這樣的畫面。我明白了，原來我至今根本不曾戀愛過，除了兩年前，我從奧林比亞（Olympia）酒吧裡把柯特（Kurt）帶回家的那一天。隔天他就出發去西班牙參加內戰了。或許他已經戰亡沙場，或許他平安歸來，娶了一個女孩。或許我根本沒有必要為了達到任何成就而和維果．F結婚。或許嫁給他，僅僅是因為母親熱切的期待。我把手指插入肉裡，看看肉是否軟嫩，母親是這樣教我的。我將價錢寫在小紙條上，否則回到家，我就會忘了。當採買結束，顏森太太回家後，我敲著打字機，再次遺忘一切，此刻，不會打擾任何人。

母親經常來看我，我們在一起的時候常常會做些蠢事。婚後幾天，母親打開衣櫃，一一翻看維果．F的衣物。她叫他「維果兒」，和其他人一樣，沒辦法僅僅稱呼他「維果」。我也沒辦法，因為這名字感覺就像是一個孩子的名字，用在成年男子身上顯得有點蠢。她把他所有的綠色衣物對著光線查看，找到一套已經相當破爛的，她覺得他不會再穿了，建議拿去讓布朗太太（Fru Brun）改成一條洋裝給她。當母親做出這種決定，我從來沒能動搖過她，於是我毫無反抗，讓她帶著衣服離開，只希望維果．F不會提起這件衣服。過了一陣子，我們去拜訪父母。我們不太常這樣做，因為我無法忍受維果．F對我父母說話的方式。他拉大嗓子，緩慢地說話，彷彿面對的是無能的小孩，他小心翼翼地製造一些他認為能引起他們興趣的話題。我們去拜訪他們時，他忽然間悄悄用手肘戳了我一下。「這太怪了，」他說，同時用大拇指和食指捻弄著鬍子，「妳有沒有發現，妳媽身上那條裙子，布料跟我掛在我們家櫃子裡的那套衣服一模一樣？」於是我和母親快速地躲到廚房裡大笑。

這段時期，我覺得我和母親非常要好。對她，我不再有深切痛苦的情感。她比她女婿年輕兩歲，他們兩人之間的話題僅限於我的童年。當母親提起她記憶中兒時的我，我完全沒有任何印象，彷彿她說的是另一個小孩。母親來的時候，我會把小說藏在維果．F書桌屬於我的抽屜裡，鎖好。我泡好咖啡，和她邊喝著咖啡邊悠閒地聊天。我們聊著父親終於在奧雷斯塔德發電廠（Ørstedsværket）找到穩定工作的好消息。我們說起艾特文（Edvin）的咳嗽，也聊到自從羅莎莉亞（Rosalia）阿姨過世後，母親內臟開始發出的各種緊急訊號。我覺得母親還是非常漂亮與年輕的。她嬌小苗條，臉龐和維果．F一樣，幾乎沒有任何皺紋。她那一頭燙過的頭髮濃密得猶如洋娃娃。她總是端正地坐在椅子的邊緣，挺直著背，雙手放在手提包的提把上。她和羅莎莉亞阿姨一樣，總是正襟危坐，打算只逗留「片刻」，卻在幾個小時以後才離開。母親會在維果・F從任職的保險公司回家前離開，因為他總是心情很差，不希望家裡有其他人。他厭惡自己的辦公室工作，他討厭每日圍繞在他身邊的人。我覺得，除了藝術家以外，基本上，他討厭全人類。

用餐完畢，我們會審查家裡的開銷帳目，接著，他會問我《法國大革命》（*The French Revolution*）讀到哪裡了。他要求我打好藝術文化的知識基礎，所以我盡量每天都讀幾頁新的內容。當我把盤子都端去廚房時，他會躺在長沙發上小憩，我看了一眼警察局前那顆藍色地球儀，以耀眼的玻璃光映照著空蕩的廣場。我把窗簾拉下，坐下來閱讀卡萊爾（Carlyle）[4]，直到維果・F醒來跟我要咖啡。當我們喝著咖啡的時候，如果當天不必出門拜訪任何名流，便會有一股莫名的沉默在我們兩人間蔓延開來。彷彿我們已在婚前說盡了所有的話語，以光的速度用盡了接下來二十五年可以和對方說的所有詞句。我不相信他三年後就會死去。我滿腦子都是我的小說創作，所以如果不談論這個，也不知道還可以跟他說些什麼。

約一個月前，丹麥被德國占領之後，維果．F相當害怕，他認為德國人會逮捕他，因為他曾經在《社會民主報》（*Social-Demokraten*）[5]的專欄撰寫有關集中營的文章。我們經常討論這個可能性。傍晚，他那群跟他同樣驚慌的朋友過來，他們心裡多少

4 譯注：一七九五年～一八八一年，全名托馬斯．卡萊爾（Thomas Carlyle），蘇格蘭評論家、作家、歷史學家。著有《法國大革命》（*The French Revolution*）等書。

5 譯注：丹麥報紙，一八七一年創刊，曾多次改名，二〇〇一年正式停刊，是丹麥的第一份社會民主主義報紙，也是世界上最早由工會出版的報紙。

有點類似的擔憂。但是目前看起來他們好像忘了這回事，因為什麼事都沒發生。我每天都在擔心他會問我是否已經讀了他新小說的初稿，他打算將初稿投給金谷出版社（Gyldendal）[6]。初稿就擱在他的書桌上，我曾試著閱讀，但是那實在是太無趣、太冗長了，句子結構都非常拗口，充滿錯誤，我覺得自己應該沒辦法讀完。這件事導致我們之間的氣氛更緊張，我不喜歡他的作品。雖然我從未大聲說出來，但是我也從來沒有給予他任何好評。我只說，我對文學懂得不多。

儘管我們的傍晚是如此悲哀單調，也勝過那些和名流們耗在一起的傍晚。和他們在一起的時候，我總是被羞澀感和尷尬所籠罩。我的嘴裡彷彿塞滿木屑，無法迅速回應他們所有歡快的話語。他們談論著彼此的畫作、展覽以及出版的書，並高聲朗誦他們新寫的詩。對我來說，寫作就像童年時做過的一些祕密的、被禁止的事，是一件充滿羞恥，必須躲到角落、在沒人看見時才做的事。他們問我近來在寫些什麼，我回答說：沒有。維果·F替我解圍。他說：「她最近在專心閱讀。一定要非常大量地閱讀，之後才能書寫散文，這會是下一步。」他談起我的模樣彷彿我的人並不在現場，而當我們終於可以離開，我才會高興起來。和名流們在一起的時候，維果·F完全是另一個人，他開朗、自信、機智，就像我們剛開始在一起的時候那樣。

一個晚上，在畫家阿爾訥·翁爾曼（Arne Ungermann）[7]家裡，他們提起應該把那些在《野麥子》上發表文章的年輕人召集起來，他們散布在哥本哈根城裡的各個角落，肯定都非常寂寞。

---

6 譯注：創立於一七七〇年，丹麥規模最大且歷史最悠久的出版社。

7 譯注：一九〇二年～一九八一年，丹麥知名藝術家及插畫家。

「如果能夠互相認識，一定能為他們帶來歡樂。而托芙可以當這個協會的主席。」維果．F說，然後給我一個友善的微笑。這想法讓我覺得快樂，我只有在少數年輕人帶著作品到我們家裡來的時候，才有機會接觸到同齡的人，而他們幾乎都不敢看我，因為我嫁給了這樣一個重要的男人。這樣的快樂讓我忽然間敢說些什麼，所以我說可以把這個聚會叫做「青年藝術家俱樂部」（Unge kunstneres klub）[8]。這個點子引起了大家的掌聲。

隔天，我在維果．F的筆記本上找到了所有人的地址，寫了一封非常正式的信給他們，我簡要地在信中建議大家在不久後的某個晚上來我們家聚聚。當我把信件都投入警察局旁的郵筒裡時，想像著他們會有多高興，我相信他們和不久之前的我一樣，貧窮而寂寞，並且孤獨地坐在城裡各個角落租來的寒冷公寓裡。我想，維果．F對我畢竟是相當了解的。他知道我厭倦了總是被老年人圍繞著。他知道，在他那綠色客廳裡的生活經常讓我感到窒息，而我也無法耗盡青春去閱讀《法國大革命》。

8 編注：成立於一九四〇年，是純粹年輕藝術家們的聚會，也成為二十世紀幾位丹麥作家結識的地方，於一九四二年解散。

2

於是，青年藝術家俱樂部真的成立了，我的人生再次獲得色彩並且豐盛起來。我們十幾個年輕人，每週四晚上在婦女大樓（Kvindernes Bygning）[9]的一間活動中心裡，我們可以免費借用場地，條件是每人都得花錢買一杯咖啡。一杯咖啡一克朗，不包括蛋糕，沒錢的人向有錢的借。聚會以講座為開端，主講者是一名年紀較大且知名的藝術家——「長頸鹿」（giraf）[10]——他前來演講算是看在維果．F的面子上。結果講座我一個字也沒聽進去，因為講座結束後，我必須站起來感謝主講人，這個任務讓我過度緊張。我總是說一樣的致謝詞：「我要感謝這一場精彩的講座。

感謝您願意撥冗前來。」我們總是在講座後邀請長頸鹿留下來喝杯咖啡，他通常會婉拒謝絕，這讓我們鬆了口氣。接下來我們會消磨時光，輕鬆地閒聊任何話題，但是鮮少提起彼此聚在一起的原因。最多就是，有人會不經意地跟我提起：「您知不知道，莫勒爾對我日前寄給他的兩首詩，有什麼看法嗎？」他們都叫他莫勒爾，提起他時總帶著至高的敬意。他們感恩於他，多虧了他，他們不再默默無名；幸運的話，在備受報章關注的那些關於《野麥子》的評論文章裡，不時還能看見自己的名字。俱樂部裡只

9 編注：落成於一九三六年。婦女大樓委員會早在一八九五年便開始策劃建築一棟屬於女性的建築物，概念是「在首都美麗而繁忙的廣場展出女性的作品」。

10 編注：俱樂部每週四會固定邀請一位文化界名人講座，作者在此處為保留隱私以綽號稱之。

有三個女生，桑雅・豪伯格[11]（Sonja Hauberg）、艾絲特・納戈爾（Ester Nagel）[12]和我。她們兩人都長得漂亮，性格嚴謹，黑髮，黑色的眼珠，而且都來自富裕的家庭。我們都約莫二十歲左右，除了皮亞特・海恩（Piet Hein）[13]——他同時也是唯一一個對維果・F沒有多大敬意的人。他抱怨我必須在晚上十一點前回到家，而且從來沒有在聚會結束後跟他一起去匈牙利酒屋（Hungarian Vinhus）。但是我總是遵守約定準時返家，因為維果・F會一直等著我直到回家，詢問當晚的情況如何。他會喝著咖啡或葡萄酒等我，有時我會以朋友似的眼光打量他，想把進行到一半的小說讓他閱讀，然而最後總是無法下定決心這樣做。皮亞特・海恩有張鵝蛋臉，他尖銳的言辭讓我感到有點害怕。他總是會在夜裡送我回家，一起穿越月光照耀下的黑暗城市，在運河旁或在證券交易所那發亮的青銅色屋頂前，停步，把我的雙手如翻開書頁般打開，然後充滿熱情給我長長的一個吻。他問我，為什麼要嫁給這樣一個怪胎，他說我那麼漂亮，可以嫁給任何一個中意的對象。我顧左右而言他，因為我不喜歡別人把維果．F當笑話看。我想，皮亞特．海恩並不知道貧困的滋味，他不了解窮人要如何把自己所有的時間賣掉，才能換取生存的機會。我對哈夫丹．拉斯穆森（Halfdan Rasmussen）[14]有更多的同情，他身形瘦小，衣著邋遢，依靠救濟金維生。我們來自同樣的環境，說著同樣的語言。

---

11 譯注：一九一八年～一九四七年，丹麥作家。亦是文學雜誌《野麥子》社交圈的一員。著有《四月》等多部作品。

12 譯注：一九一八年～二〇〇五年，丹麥作家。以一篇在《野麥子》上發表的短篇小說出道成為作家。作品包括短篇小說、長篇小說、戲劇、雜文和專欄文章。

13 譯注：一九〇五年～一九九六年，丹麥科學家、發明家、數學家與詩人。

14 譯注：一九一五年～二〇〇二年，丹麥詩人，作品當中最受矚目的是內容荒誕、詼諧的兒童韻律詩。

但是哈夫丹愛上的是艾絲特，莫登・尼爾森（Morten Nielsen）愛著桑雅，而皮亞特・海恩愛的是我。這是不過短短幾個星期內就確定下來的事。我無法確定，我是否愛上了皮亞特・海恩。當他吻我的時候，確實喚起我內心許多感情，但是他想要跟我一起做的那些事，都讓我感到很困惑，像是結婚生子、介紹有趣的女孩給我認識——因為他覺得我需要一個閨蜜。小貓咪，當他擁抱我的時候總是這樣叫我。

某個夜裡，他帶了一個女孩來俱樂部。她名叫娜特雅（Nadja），非常明顯地愛著他。她比我高，很瘦，有些駝背，臉龐掛著脆弱的傷感，彷彿為別人活了很久，完全來不及為自己而活。我對她很有好感。她是一名園丁，父親是俄羅斯人。她的父母離婚了，她和父親住。她邀請我去她家，於是，某天，我和維果・F提了一下她這個人，就前去造訪。她的公寓又大又豪華，我們喝茶的時候，她告訴我關於皮亞特．海恩的事。她說，他喜歡同時擁有兩個女人。當她認識他的時候，他已經結了婚，然後確定她和他的妻子已經成為好朋友，他才離開了他的妻子。不過現在她們也不再是朋友了。「這真是一個狡猾的主意。」娜特雅平靜地說。她問起我的生活，並建議我和維果．F離婚。這觸動了我，我之前完全沒有想過這種可能性。我談起我們之間並不存在性生活，她說這對我而言是遺憾也是恥辱，因為這幾乎等於注定我將來不會有孩子。「問問皮亞特的意見吧，」她說。「只要他對妳有意思，他會願意為妳去做任何事。」

於是我真的這樣做了。一個晚上，我們安靜地站在運河旁，

15 譯注：一九二二年～一九四四年，丹麥詩人，因參與二戰期間丹麥抵抗德國占領行動喪命，遇害時年僅二十二歲，多部詩集皆是在他逝後十年才陸續出版。

河水以一種柔軟慵懶的聲響濺在碼頭上。我問皮亞特，如何辦理離婚，他說，他會處理一切細節，我只需向維果・F開口就行了。他說，我可以住在招待所，他願意負擔費用，他會養我，而且會做得比維果・F更好。「或許，」我說，「我可以養得起自己。我正在寫一部小說。」我說得很不經意，彷彿已經出版了二十本小說，而這不過是第二十一本似的。皮亞特問，他是否可以閱讀，我說在寫完以前不會讓任何人閱讀。接著他又問，可不可以找一天邀請我去他家吃晚餐。他住在大國王街（St. Kongensgade）一間小公寓裡，離婚以後便在那裡安頓下來。我答應了，然後和維果・F說要去我父母家。這是我第一次對他說謊，而他居然相信了我，這讓我感到羞愧。他在書桌上校訂著《野麥子》。他把校正過的漫畫、小說和詩剪下，貼在一本過期的雜誌頁面上。他是如此小心而專注，低著巨大的頭，整個身影沉浸在綠色的燈下，散發著一種類似幸福的氛圍，因為他對雜誌的愛就如同人們愛著他們的家人。我輕吻著他柔軟、濕潤的唇，眼裡忽然泛淚。我們共同擁有一些什麼，不多，但是一些，而我準備要把這一切都摧毀。我感到一股哀傷，我的人生將要變得前所未有的複雜，然而，我也想起，奇怪的是，對於別人的要求，我從來沒有違抗過，幾乎沒有。「我或許會很晚才回到家，」我說，「母親最近不太好。你不必等我。」

§

「如何，」皮亞特興致高昂地問，「還不錯吧？」

「嗯。」我說，同時感到快樂。自從和阿克塞爾（Aksel）那次以後，我一直懷疑，我在這方面是不是有什麼問題，但是明顯地不是。我們吃飽喝足，我有點醉了。我們躺在寬敞的四柱床上，那是他母親留給他的；她是眼科醫生。客廳裡到處都是奇形怪狀的燈、摩登的家具，地板上鋪著北極熊的皮。床邊的花瓶裡有一支逐漸凋零的玫瑰。那是皮亞特送給我的。他還送了我一件藍色的天鵝絨連身裙，至今一直掛在他家裡。我沒辦法把裙子帶回家。我拿起玫瑰聞了聞。「現在它再也不相信萌芽了。」我大笑著說。「這我可用得上。」皮亞特忽然說，接著立即從床上一絲不掛地站起來。他坐在書桌前，拿了紙筆疾筆書寫。寫完以後，遞給我看。那是一首「哲理詩」（Gruk）[16]，他每天都會在《政治報》（*Politiken*）上發表這樣一首尖銳詼諧的四行小詩。他寫著：

我放了一朵花在情人的床邊，
今夜，一朵玫瑰鮮紅地佇立。
先是一片花瓣落下，兩片，然後更多，

現在，它再也不相信萌芽了。

我讚美他這首詩，他說我有一半的功勞。對皮亞特而言，寫作從來就不是一件羞恥或神祕的事情，而是更如同呼吸一樣自然的事。

「這對莫勒爾來說，會是一個打擊，」他滿足地說，「當你們結婚的時候，他所有的朋友都在打賭，這段婚姻究竟可以維持多久，一年以下或以上。但是沒有人相信會超過一年。所以羅伯．米克生（Robert Mikkelsen）才會提供你們婚前協議書，因為他們都覺得妳會帶著他一半的財產逃走。」

16 譯注：哲理詩（Gruk）是皮亞特．海恩自創的一種詩的形式。詩句簡短，內容意味深長，是歡樂與悲傷、黑暗與光明的結合，通常會配上插圖。他的哲理詩聞名世界，已被翻譯成近二十種語言。

「你真惡毒，」我震驚地說，「你真是一個複雜的人。」

「不，」皮亞特說，「我只是不喜歡他。他寄生在藝術裡，自己卻無法成為藝術家。他根本無法寫作。」

「這也不是他的錯，」我不滿地說，「我不喜歡你這樣說他。」這讓我心情糟透了。我問他現在幾點，我那短暫的歡樂已逐漸褪去。屋裡充滿了一種潮濕、銀色的寂靜，彷彿有什麼命中注定的事情要發生了。我沒聽見皮亞特說什麼。我想起維果．F彎身坐在檯燈下校訂雜誌。我想起他那些朋友們的賭注，以及我要向他提出離婚的癡心妄想。「有的時候，」皮亞特溫柔地說，「妳是如此心不在焉，怎麼喚都喚不醒。妳是一個非常深不可測的女孩，我想，我愛妳。我可以寫信給妳嗎？郵差是在他出門以後才送信來嗎？」「是的，」我說，「你可以寫信給我。」隔天我就收到了他的情書：「親愛的小貓咪，」他這樣寫，「妳是唯一一個會讓我想結婚的女孩。」我被嚇到了，於是打了電話給維果・F。「妳想要什麼？」他有點不耐煩地說。「我不知道，」我說，「我只是覺得非常寂寞。」「好的，好的，」他充滿善意地說，「我今晚就會回家啊。」

於是我把小說拿出來，盡情書寫，把一切都拋在腦後。小說就快完成了，書名是《你傷害了一個孩子》（*Man gjorde et barn fortræd*）。在某種程度上，這是一個關於我的故事，儘管我不曾體會過書中人物的遭遇。

3

「這，」維果．F說，同時捻著鬍髭——這通常表示他心情極好，「妳對我隱瞞了那麼久？」

他坐著，手上拿著我的小說初稿，用他那雙深藍色的眼睛看著我，那雙眼睛是如此清澈，彷彿剛剛被清洗乾淨似的。有關他的一切都是如此的乾淨和整潔，他身上總是帶著香皂和刮鬍膏的味道。他的氣息如孩子般清新，因為他從不抽菸。

「是，」我說，「我想給你一個驚喜。你真的覺得不錯嗎？」

「驚人的好，」他說，「連一個標點符號都無需更正。絕對會成功。」

我相信自己一定漲紅了臉，因為太快樂了。在這一刻，我對皮亞特．海恩以及離婚的計畫全都不在乎了。維果．F再次成為了我盡此一生都夢想著會遇到的那個人。他開了一瓶葡萄酒，把綠色的杯子斟滿。「乾杯，」他微笑著說，「恭喜妳。」我們同意再次先嘗試寄給金谷出版社，儘管他們之前拒絕了我的詩集。他們才剛接受了維果．F那部我一直無法讀完的小說。他只是說我太年輕，因此對他的作品無從感知，這也是沒有辦法的事。這一個夜晚，我們像婚前那樣一起度過了愉快的時光，而我想到即將要對他說出口的話，如此遙遠而不真切，就如想像著十年後的人生一樣。這是我們如此親近地倚靠著彼此的最後一個夜晚。在遮光窗簾內的綠色客廳裡，我們一起聊著未向世界展開的這些事物，聊著我的第一本小說，直到就寢時間將至，在啜飲每杯酒間打起呵欠。維果．F從不喝醉，也不喜歡別人喝醉。他曾經有好幾次把醉了的約翰尼斯・韋爾策（Johannes Weltzer）[17]轟出去，因為他喝醉之後會熱情洋溢、滿頭大汗地走來走去，不斷告訴我們有關他正在寫著的一部小說。「他會喋喋不休到死為止。」維果・F說，他認為約翰尼斯一生只寫過一個好句子：「我愛躁動不安，與漫長的旅途」。期盼一個人應該拿捏適度飲酒的分寸，就像期盼一個人要懂得拿捏在適當的時間離開一樣，難以預料。我們家常有客人。我會去阿瑪橋街（Amagerbrogade）上一家熟食店採買，因為我的廚藝跟母親一樣，只有基礎水平，根本不知如何下廚。

某天，我告訴母親離婚的計畫。包括皮亞特・海恩和他給我的禮物，以及他將如何安排我的未來——全都告訴了母親。母親眉頭一皺，想了很久。在我們的鄰里間，沒有離婚這回事。他們吵架、打架，就算意見不合、經常爭執，也還是一起生活，沒有人會提出離婚。那是上流社會才有的事，原因不詳。

「可是，他要娶你嗎？」她終於問了，並且用食指擦了擦鼻子，每當有什麼事讓她頭痛時，她總是做這個動作。「他並沒有提起，但是，我想他會吧。」我說，「我再也無法忍受和維果．F的婚姻生活，每天只要一接近他回家的時間，我的心都感到非常難受。這段婚姻對我們兩個人來說，都是一場錯誤。」「是的，」她說，「這點我非常能夠明白。當你們倆走在街上時，他比妳矮小，看起來真的很蠢。」母親缺乏設身處地替人著想的能力，也因此不會傷害我的感情——而這點對我來說，完全不是問題。

現在，每個星期四的聚會結束以後，我都會跟皮亞特．海恩回家。我告訴維果．F，座談會結束後討論時間拖得太晚，我身為主席，不應該第一個離開，這樣太不得體。我叫他不必等我。「早

17 譯注：一九〇〇年～一九五〇年，丹麥詩人。

點睡吧。」他睡著以後，沒有任何事情能吵醒他，因此他絕對不會知道我多晚返抵家門。「但是，為什麼，」皮亞特・海恩不耐煩地說，「妳還不跟他說？」我不斷向他承諾，明天就會說，但是，到最後，我有一種混亂的感覺，我想我大概永遠都不會說出口。我害怕看到他的反應。我害怕爭吵和攤牌，我總是想起父親和哥哥每晚都在吵架的那段歲月，我們小小的客廳如何失去了安寧。「如果妳無法開口，」某天夜裡，皮亞特這樣說，「妳就直接搬走好了。反正妳除了自己的衣服和東西以外，其他的東西也無權帶走。」「我不能這樣做，這樣太過分、太殘忍、太不知恩圖報了。」皮亞特說：「我也該多照顧一下娜特雅，她非常不快樂。」因為他離開了她。我也常常去拜訪她。她坐在一張鋼椅上，伸長她那雙長腿，不耐煩地擦著臉，彷彿想把自己臉上的五官都重組一番。她說皮亞特是個危險的人，他的存在是為了讓許許多多的女人不快樂。現在他離開了她，她要重新整頓自己的人生。她要上大學進修心理學，因為，一直以來，她對別人的興趣都勝過對於自己。這也能救她一命。她難過地說：「他也會背棄妳的。他總有一天會對妳說：『我找到別人了，我非常確定，妳可以從容應對。』」從容應對，這是他最喜歡的說法。她也說，無論如何，我還是該離婚的，而皮亞特正是離婚的最佳理由。對於她所說的一切，我並沒有太放在心上，因為，說到底，她也只是一個因為被拋棄而充滿怨恨的女人。

有的時候，我對皮亞特．海恩也感到非常厭倦，像是當我躺在他懷裡，他開始為我的未來做各種規劃的時候。我厭倦他總是大肆喧嚷地要改變我的人生，彷彿我沒有一點控制自己人生的能力，而我只希望他能夠讓我安靜一下。我希望可以在他和維果．F之間來回往返，不必失去誰，也無需經歷巨大的改變。我向來都不喜歡改變，如果一切能維持現狀，能讓我有一種安全感。然而，這種情況不會永久持續下去。現在，我又能夠再次注視著街上的情人們了，但是母親和小孩之間的互動仍會讓我別過頭去。我盡量避開嬰兒車，也不去想鄰里間那些為自己等到十八歲後懷孕而感到驕傲的女孩。我把這些渴望都埋藏在心裡，因為皮亞特非常小心，不希望讓我懷孕。他說，女詩人不該有小孩，可以生小孩的女人已經足夠多了。反之，不是每個人都可以寫書的。

接近傍晚五點時，忽然之間，我的痛苦加劇了。當我站在廚房裡煮馬鈴薯，忽然感覺心臟劇烈地跳動著，煤氣灶台後的那一面白色瓷磚牆在我眼前閃動，那些瓷磚彷彿就要掉下來了。當維果·F帶著那張沉重、充滿怒意的臉孔走進門內時，我開始狂熱地說著話，彷彿為了要緩解那些可怕事件的發生，雖然我並不知道那會是什麼。我們吃晚餐的時候，我繼續說話，儘管他只是簡單回應我。我內心充滿了恐懼，我很害怕他會說或做一些他從未說過或做過的難以置信、不可悔改的事情。如果我成功地捕捉到他的注意力，心跳就會稍微慢下來，我可以稍稍喘一口氣，直到我們的對話再次停頓。我什麼都能談論，我說顏森太太在我拿了恩斯特．漢森（Ernst Hansen）[18]為我畫的畫像給她看時，問我是手繪的嗎？我說母親告訴我，她的血壓現在太高了，而之前她的血壓總是太低。我說起被金谷出版社退回來的書，他們還附加了一個奇怪的回函，表示說我讀了太多的佛洛依德（Freud）。我甚至連佛洛依德是誰都不知道。我後來把書寄給了雅典娜神廟（Athenæum），是一間新的出版社，我每天都緊張兮兮地等候回音。某個晚上，他感覺到了我的焦慮，他說，我最近很聒噪。我告訴他，我覺得自己的身體狀況不太好。我猜，可能是我的心臟有問題。「胡說，」他笑，「妳

18 譯注：一八九二年～一九六八年，丹麥畫家。

年紀輕輕，怎麼可能，應該是精神緊張方面的問題。」他擔心地看著我，問我，是不是有什麼事情正困擾著我。我向他保證說，沒事，我的日子過得如魚得水呢。「我打個電話給傑爾特・約恩森（Geert Jørgensen），」他說，「我幫妳預約時間。他是精神科的主任醫師。我幾年前找過他做諮商。他是一個非常明智的人。」

於是，就這樣，我坐在主任醫師面前。他的骨架很大，眼珠子也極大，彷彿要脫出眼眶似的。我把一切都告訴了他。我告訴他有關皮亞特・海恩的事，也告訴他自己大概永遠無法對維果・F提出離婚。傑爾特・約恩森給了我一個鼓勵的微笑，同時用手把玩著桌上的一把拆信刀。

他說：「被困在兩個截然不同的男人之間，是不是很有趣呢？」

「是的。」我驚訝地說，確實也是。

「您必須和莫勒爾斷絕關係，」他單刀直入地說，「這是一場瘋狂的婚姻關係。您或許知道，我是哈恩斯科夫療養院（Hareskov kuranstalt）的主任醫師，我會建議您的編輯讓您在那裡住一段時間。接下來的一切事宜讓我來處理。只要您一離開他的視線範圍，您的心臟問題就會解決了。」

醫師立即撥電話給維果．F，他並不反對這個提議。隔天，我把行李整理好以後，馬上就住進了哈恩斯科夫療養院。我被安置在一間面向樹林的單人房內。我和主任醫師又會晤了一次，他說，在一切還沒明朗化以前，皮亞特．海恩絕對不能來探訪我。他會打電話過去，請他遠離我。在療養院裡，只有和母親一般年紀的女人，她們都非常好看且穿著得體，對於我身上破爛的服裝，我感到非常沉重，我也想起那些皮亞特．海恩送給我，而我都還沒穿過的衣服。日子寧靜地過去，而我劇烈的心跳漸漸平靜了下來。我在保斯威特（Bagsværd）租了一台打字機，寫了一首詩：

永恆的三（De evige tre）[19]

這世上有兩個男人，他們
總是與我擦肩而過
一個是我愛的人
另一個他愛著我

其實我並不知道自己是否愛著皮亞特．海恩，就如他也不曾說過他愛我。他會送巧克力給我、寫信給我，有一天，他送來了蘭花，裝在長長的紙盒裡。我不假思索地把花插在一個瘦長的花瓶裡，擱在床頭櫃上。那一天，維果．F在跟主任醫師開會前先到房裡來看我。他還來不及問候我，就先看到了桌上的蘭花。他臉色蒼白，靠在一張椅子上。我驚恐地發現，他的下巴劇烈地顫抖著。「這個，」他指著蘭花，用顫抖的聲音說，「是誰給妳的？是不是有第三者？」「才不是，」我馬上說，「是匿名送來的。某個不具名的神祕仰慕者。」

這樣說的時候，我想起了母親，她有能夠反應神速地回答一切問題的能力，這一點，讓我在整個童年裡，非常欽佩。

19 譯注：作者最知名的詩作之一，此處節錄的是詩作第一段。

4

秋天來了，我穿著一件豹紋領子的黑色套裝，在樹林裡漫步。我獨自一人走著，因為我的世界和其他女人截然不同，我只能在用餐的時間裡，和她們進行一些無關痛養的對話。皮亞特．海恩每天都來探訪。他會帶巧克力或鮮花送給我，我們在樹林裡無止境地漫步，他告訴我已著手找尋一家好的招待所讓我住，又提到我擺脫維果．F的方式有多麼壯烈。我認為即使不再和某人見面，也不代表就此擺脫了這個人，但是我無法對皮亞特解釋這種感覺，因為他是一個務實、世俗、完全不感性的人。他在色彩繽紛的樹下，以一種帶著歡欣的占有慾吻了我，落葉紛紛，飄落在我們身上，他覺得我看起來沒有預期那樣快樂。我把維果．F的信拿給他看，他只是大笑著說，對於一個失望和帶著怨氣的男人，無法期待太多。維果．F這樣寫著：「親愛的托芙，出版社捎來訊息，說他們接受了妳的書。我把出版社附上的支票轉寄給妳。」接著是他的簽名。我把信翻來覆去，但是都找不到更多的文字。對於這樣一封信，我感到難過，雖然我也因為出版社願意出版我的作品而高興。我難過，是因為我想起我們在一起的最後一夜，想起我們之間共同擁有的一切，如今都被摧毀了。主任醫師說，維果．F不願意離婚，因為他認為我一定會後悔和皮亞特．海恩在一起。儘管他們只見過幾次面，但是皮亞特喜愛對人冷嘲熱諷的舉止，讓維果．F從未有任何好感。我也收到了艾絲特的信，說在俱樂部的他們很想念我。她問我是否介意在我缺席的這段時間，由她來當代理主席。維果．F不願意告訴她，我的去向，但是經過對面無表情的皮亞特威逼利誘以後，終於成功地取得了我的地址。我如果現在還在維果．F家裡，肯定會請他上餐廳吃一頓昂貴的晚餐，慶祝我的書被出版社錄用。我完全沒有想請皮亞特吃飯的念頭，因為我們之間有一種默契，他才是那個負責請客的人。對於我的未來，我感到非常焦慮，因為在那個綠色的客廳裡，有一種不可言喻的安全感。身為一個已婚婦人，每天負責採買和準備晚餐，讓我感到安全，而如今這一切都毀了。皮亞特從來沒有提過婚姻，對於維果．F是否願意和我離婚，他一點也不在乎。

皮亞特最終還是找到了一間合適的招待所，我搬了進去，感覺自己再次成為那一個有著脆弱、短暫且不確定人生的少女。我住在一間整潔、光亮的房間，房裡有好看的家具，有一個戴著頭巾的女傭侍候我。我用出版社的訂金買了一台打字機，用來謄寫我的詩，因為我又重新開始寫詩了。皮亞特說我應該嘗試把詩賣給那些願意發表這類文體的雜誌，但是我害怕被拒絕。當皮亞特和我夜裡躺在窄小的床上聊天時，我想起一件奇怪的事，他從來沒有告訴我關於他的絲毫事情。他的眼睛閃耀著如葡萄乾般的黯淡色彩，他微笑的時候，可以看到他所有潔白的牙齒。我還是不確定，我究竟有沒有愛上他。他對我的取悅讓我感到負擔，而我依舊如所有的少女一樣，渴望著一個家一個丈夫和幾個孩子。招待所在奧博勒瓦登（Åboulevarden），俱樂部會員經過這裡的時候，經常會順路來看我。我們會喝著我只需一個按鈕就可以買到的咖啡。我們聊起奧多・傑爾斯特德（Otto Gelsteds）[20]在俱樂部的講座。主題是關於藝術家的政治獻身，而這個討論無疾而終，因為我們當中沒有任何一

20 譯注：一八八八年～一九六八年，丹麥作家、詩人、文學評論家和記者，在一九二九年加入丹麥共產黨。

個人對政治有興趣。莫登・尼爾森坐在我的沙發邊緣，雙手攤開，像搖籃那樣支撐著他那張稜角分明的大臉。「或許，」他說，「我們應該為自由而抗爭。」我覺得那是非常愚蠢的事，因為霸權實在太強大，但是我沒有反對他。或許，父親對上帝、帝皇和祖國的鄙視影響了我，對於那些在街上蹓躂的德國士兵，我沒有憎恨他們的強烈念頭。我太忙碌於自己的人生、那不確定的未來，無暇去憂國憂民。我想念維果・F，甚至忘了僅是和他共處一室就足以讓我生病。我想念讓他讀我詩作的時光，甚至嫉羨我的同伴們，因為他們可以去找他，讓他閱讀他們的作品。但是主任醫師說了，我不能打擾他。有一天，艾絲特來看我，說她答應維果・F去當他的管家。因為她常遲到而被藥房開除，所以他的邀請來得正好。她有一部小說，正進行到一半，她希望可以有更多時間去完成。自從我搬離以後，她說，維果・F也無法忍受孤獨。

我在招待所住了一個月後，某個下午，皮亞特來看我。他看起來非常興奮，也有點緊張。他沒有如往常那樣吻我，只是坐下來，用他最近買的銀色握柄手杖在地上輕輕敲打。「我有事要告訴妳。」他說，然後用他那雙葡萄乾眼睛斜視我。他把手杖掛在椅背上，摩拳擦掌，彷彿因為覺得冷，又或者在期待著什麼。他說：「我非常確定，妳可以從容應對，不是嗎？」我答應他會從容應對，但是他的神態忽然讓我感到害怕。忽然之間，他表現得如一個從未擁抱過我的陌生人。「前幾天，」他快速地繼續說：「我遇見了一個年輕女人，非常美麗，非常富有。我們幾乎是一見鍾情，現在，她邀請我到日德蘭半島，一個她家族擁有的莊園去。我明日就會出發了，妳不會難過的，對不對？」我感到一陣暈眩，我的房租怎麼辦？我的未來會怎樣？「不許哭，」他說，霸道地揮了揮手。「看在上帝的份上，從容地接受吧。沒有人被束縛，對嗎？」我無力回答他，但是我感覺牆壁彷彿往前移動，我很想把它們推回去。我的心跳就如我和維果・F在一起的時候那樣，再次劇烈地跳動。我還來不及說什麼或做出任何反應，他已經出去了，如此快速，彷彿是穿牆而去。我哭了。我倒在長沙發上，把頭埋在靠枕裡痛哭，我想起娜特雅，想起自己應該認真看待她的警告。我無法停止哭泣，或許，我多少還是愛著他？

忽然之間，有人敲門，娜特雅走了進來；她穿著一件覆蓋長褲的邋遢棉大衣。她從容地坐在沙發上，揉著我的頭髮，「皮亞特請我來看看妳，」她說，「別哭了，他不值得妳的眼淚。」我擦乾眼淚站起來。「妳說的對，」我說，「情況和妳一模一樣。」「從容應對嗎？」她笑著說，「叫妳要從容應對嗎？」我也忍不住笑了，世界彷彿再次稍稍明亮了起來。「是的，」我說，「從容應對，他也太好笑了。」「是啊，」娜特雅贊同地說，「然而，他身上還是有些什麼，會讓女人傾心，即便到最後，我們還是不知道，究竟為什麼會愛上他。然後，妳只會覺得他太滑稽了。」她坐著，帶著明顯斯拉夫人特徵的和善臉孔上，有著若有所思的表情。「他的信倒是寫得不錯，」她說。「我把信件都珍藏起來了。」「他也寫信給妳？」「是啊。」我說，然後站起來走到五斗櫃，打開抽屜，拿出一疊被我用紅色絲帶綑起來的信封。「讓我看看，」娜特雅說，「如果妳不介意。」我把信給她，她讀了最上方那一封信的幾行，隨即仰頭大笑，幾乎無法停止。「上帝啊，」她說，並且把信讀了出來：「親愛的小貓咪，妳是唯一一個讓我想結婚的女人。這太瘋狂了，」她倒抽一口氣說，「他也寫了這樣的信給我，一模一樣啊。」她繼續讀下去，並堅持說這和她家裡收著的其中一封信，內容如出一轍。她跪坐著，凌亂的頭髮散落在額頭上。「妳知道嗎，」她說，「他肯定從哪裡複製了這些信。天知道，他在全國各地究竟有多少小貓咪？當他離開莊園女人的時候，他肯定會請你去安撫她的。」我恢復了嚴肅的心情，我跟娜特雅解釋，無法繼續住在這裡，因為房租實在是太貴了，而我連一克朗都沒有。於是她和皮亞特一樣，建議我嘗試把寫的詩賣出去，因為她也覺得，如果我要重新回到辦公室去工作，也太悲哀了。「去試試看《紅色晚報》（*det røde aftenblad*）」，她說：「皮亞特投給他們不少詩，都是《政治報》不願意刊登的詩。現在開始，妳必須靠一枝筆生存了，被人養這種事行不通的，這肯定是妳家裡灌輸給妳的觀念。」

隔天，我馬上帶了三首詩到編輯部去。我被帶到編輯面前，他是一個留著白色大鬍子的男人。他一邊讀著我的詩，一邊心不在焉且機械性地拍著我的臀部。「還不錯，」他終於說，「您可以到櫃檯去領取三十克朗。」從那以後，我把詩投給《政治報》出版的《雜誌》（*Politikens Magasin*）和《家庭》（*Hjemmet*），同時在《號外雜誌》（*Ekstrabladet*）開了一個專欄，撰寫有關「青年藝術家俱樂部」的文章。因此，我可以繼續住在招待所裡。

艾絲特說，維果・F非常想念我，她每個晚上都得在他上床睡覺前陪他閒聊好幾個小時。我求她問問他，能不能見見我，但是他不願意。他甚至不准許她談起我。我對他的想念，更甚於對皮亞特的想念，而除了我在俱樂部的同伴們零星的拜訪以外，我幾乎不見任何人。

某個晚上，娜特雅來了，如常地，打扮得彷彿剛從一間著火的屋裡逃出來似的。「妳必須有個社交圈，」她說，「妳在這個世界上太孤單了。我在南港（Sydhavnen）認識一些年輕人，他們非常想認識妳。他們都是鴻高中（Høng Gymnasium）的畢業生。星期六，他們將舉辦一個狂歡派對，妳願不願意參加？他們當中最迷人的那個是校長的兒子，他名叫艾博（Ebbe），長得跟萊斯利．霍華德（Leslie Howard）[21]一模一樣。他今年二十五歲，當他不喝酒的時候，他是經濟系的學生。我曾經瘋狂地愛上他，但是我完全沒有告訴他。他鍾情於詩情畫意、有一頭長長金髮的女孩，而妳就是。」「聽著，我心情很好，」我說，「妳簡直就是紅娘。」我答應她星期六會出席，因為她說得對，我確實需要和其他不是藝術家的年輕人一起交流。我興致不錯地把沙發睡床整頓好，上床睡覺，心裡隱約想念起躺在某個人懷裡的感覺。入睡前，我想著這個艾博。不曉得他長得如何？他真的會喜歡像我這樣的一個女人嗎？電車一整晚恍若穿梭在這房間似的，呼嘯而過。那裡面坐著正要出門去玩的人們，極其普通的人們，他們一大早就要出門上班，於是只能把光彩奪目好玩的事情安排在夜晚和白天之間。我寫作，但是，除此之外，我也不過是個普通人，我也夢想著一個普普通通的男孩，會鍾情於我這樣一個，有著一頭金色長髮的女孩。

21 譯注：一八九三年～一九四三年，英國演員，曾兩度獲得奧斯卡獎提名。

5

在前往南港的路上，娜特雅告訴了我一些有關於「燈籠圈」（lygtekredsen）的事，她也不知道這個圈子的名字由來。他們是一群來自鴻高中的畢業生，來到哥本哈根準備上大學，基本上他們什麼也沒做，只是開趴狂歡喝酒或處於宿醉狀態。我們逆風騎著腳踏車。天空飄著雨，天氣很冷。我打扮得像個少女，穿了一件連身短裙，頭上綁著蝴蝶結，著及膝襪，踩一雙平底鞋。我在連身裙外套了一件羊毛衫，再穿一件和娜特雅一樣的棉大衣，脖子繫上一條紅色圍巾，讓圍巾的尾端在我身後飄揚。這些年，這種穿著被認為很醒目。娜特雅打扮成阿帕奇女孩（Apache girl）[22]，她的黑色絲綢長褲在腳踏車鐵鍊盤上啪啪作響。她告訴我，這是一個思想自由的圈子。他們都非常貧窮，家裡只給了他們極少的資助。聚會地點在莉絲（Lise）和奧勒（Ole）家裡，他們是一對夫妻，有個小嬰兒。奧勒就讀建築學系，莉絲在一間辦公室上班，她的寡婦母親就住在他們隔壁，可以幫忙照顧孩子。她說他們靠採集屋旁垃圾填埋地裡的蘑菇維生。她也說，這是一個自助式的晚餐聚會，然而女生們不必攜帶任何東西。這個圈子不會開放給其他男生，她說，「但是他們總是可以多認識一些女生的。」我們抵達時，大家都坐在桌子旁，客廳寬敞明亮，擺放著精美的舊家具。他們吃著黑麥三明治，三明治裡多數是一種叫「拉抹那」（Ramona）[23]的餡

22 編注：阿帕奇是美洲印第安人的一族，這裡是指類似印第安民族的衣著風格。
23 譯注：丹麥於二戰期間販售的一種麵包抹醬，主要成分為胡蘿蔔。

料，那是一種有著看起來像有毒色素的胡蘿蔔混合物。他們喝著普利穆特（pullimut）水果酒，因為他們只能買到這種飲料。氣氛已經相當高昂，大家都在七嘴八舌說著話。我跟莉絲打了招呼，她是一個漂亮、纖瘦的女孩，有一張純潔的少女面孔。她歡迎我，接著唱了一首自創歌曲，以讓人難以理解的歌詞介紹在場的每一個人。奧勒站起來致詞。他有一張平扁黝黑的大臉，鼻子和嘴巴之間有兩道深紋，使他看起來比實際年齡蒼老許多。他一直拉著褲頭，好像褲子太大、隨時會鬆垮下來似的，穿著與我們不太相像。他說，有一個女詩人來到家裡，他感到非常自豪，不過很遺憾的是，艾博此刻因三十九度高燒而躺在他母親家裡。他忽然得了流感。接著，大家把桌子移到角落，娜特雅和莉絲把盤子都端到廚房裡。留聲機響起，我們跳起舞來。我和奧勒跳舞，他向我彎腰俯身，手抓著褲頭，尷尬地笑說要去接艾博過來。艾博住在院子的另一邊，奧勒說他非常期待能認識我。「不過是發一點燒，」他說，「沒什麼大不了的。」於是他和另一個男生走入黑夜，去接艾博。氛圍已經開始有點不受控，大家都有點醉了。莉絲走過來問我想不想看看小孩，於是我們走入嬰兒房。那是一個半歲大的小男孩，當我看著她親餵他母奶時，我感到一陣嫉妒。她並沒有比我大多少歲，而我想，我到現在都沒有小孩，實在是虛擲光陰。小男孩後頸髮線之下，有個模糊的凹陷，在他吃奶的時候有節奏地移動著。忽然間，門被打開了。奧勒站在門口，扯著他一頭黑色的捲髮。「艾博在這裡，」他說，「妳要不要跟他打個招呼呢，托芙？」我隨著他走到客廳，吵雜聲更是響徹雲霄了。吊燈上懸掛著一個唱片套，各色彩帶散落在家具及跳著舞的人們肩上和髮上。在這一片混亂中，站著一個身穿線條睡衣的男人，他身上套著藍色浴袍，脖子纏繞著一條巨大的圍巾。「這是艾博。」奧勒傲氣地說。我握了握他因發燒而潮濕的手。他有一張毫無銳氣的溫和臉孔，五官精緻，我有種強烈的感覺，明白他就是這個圈子的中心人物。「歡迎加入燈籠圈，」他說，「我希望……」他無助地環顧四周，思路忽然中斷似的。奧勒拍了拍他的肩膀。「你要不要和托芙跳支舞呢？」他說。艾博斜眼望了我片刻。接著，他伸出手，輕輕用德語說了一句：「不應覬覦星星（die Sternen begehrt mann nicht）[24]。」「太棒了，」奧勒興奮地脫口而出，「絕對沒有人會想到要這樣說。」艾博還是和我跳了舞。他溫熱的臉頰尋找著我的，而我們的舞步開始變得有點搖擺不定。忽然之間，其他人把他圍繞起來，他們遞給他一杯水，整頓他的睡袍，關心他的健康問題。另一個年輕人和我跳舞，我的視線片刻遠離了艾博。留聲機發出震耳欲聾的聲響，奧勒坐在角落，耳朵緊貼著自製的擴音器以收聽BBC的廣播。此刻大家都醉了，許多人都不太舒服。娜特雅把他們扶到廁所去，在他們嘔吐的時候幫他們支撐著額頭。「她喜歡這樣做。」莉絲笑著說。她打扮得像是哥倫比亞女人（Columbine），衣服的皺褶也遮不住她堅實巨大的酥胸。我想，哺乳確實可以讓人獲得姣好的乳房。接著，我又和艾博跳起舞來了，他依然渴望著星星，因為他提議我們到另一個房間去休息。我們躺在一張床上，他直接把我摟進懷裡，完全無需任何熱場動作，彷彿在這個圈子裡都是這樣的。我感到快樂幸福，彷彿是人生中第一次戀愛那樣。我撫摸著他在後頸上捲曲著的濃厚棕髮，凝視著他奇怪的斜眼，他藍色的眼珠上有著褐色的斑點。他說他的母親有雙棕色眼眸，以某種方式遺傳給他。他問我是否可以到招待所探望我，

24 譯注：這是德國詩人歌德的詩句，下一句為「應為它們的輝煌而感到歡欣」，艾博此處是將作者比喻成詩句裡的星星，巧妙表達了對作者的讚賞與仰慕。

我答應了。他伸手從地上拿起帶進房間裡的那瓶酒，我們兩人分著喝了。然後我們睡著了。我在清晨醒來，弄不清楚自己身在何處。艾博還在睡夢中，短而上翹的睫毛輕輕碰觸著枕頭。我忽然看到牆的另一端，一對戀人睡在一張被拉出來的小孩床上。他們睡在彼此懷裡，而我並不記得在前一晚的派對上見過他們。地上疊著一堆五顏六色的化妝舞會服裝。我小心地起床，走進客廳，那裡看起來彷彿戰場。娜特雅已經開始在收拾了。她擦乾了角落的嘔吐物，興致高昂地說：「該死的普利穆特酒，沒有人受得了。他不是很可愛嗎，艾博？他跟皮亞特那個蠢人不一樣。」在嬰兒房裡，莉絲坐著餵奶。「妳要小心艾博喔，」她微笑地看著我說，「他會讓妳心碎。」

我穿上棉大衣，把圍巾環繞在脖子上，走進房裡跟艾博道別。「天啊，我的頭，」他呻吟著，「只要我感冒一好，我就去探望妳。妳有沒有一點愛上我呢？」「有的。」我說，他跟我道歉說無法送我到門口。我看著他因高燒而紅透的臉，說一點關係也沒有。於是我獨自騎著腳踏車回家。天還未完全亮。鳥兒如在春日裡般吱吱叫著，我快樂地想，有一個大學生愛上了我。我有種好笑的念頭，覺得這種快樂能持續一生。艾博痊癒以後，開始每個晚上都來找我，而我因為不想錯過他的來訪，放棄了俱樂部的聚會。他從來不過夜，他有點畏懼他的母親，她是高中校長的遺孀。他也有一個哥哥，儘管他已經二十八歲了，依然還是無法振作起來搬離家裡。這個冬天非常寒冷，艾博離開的時候，把長長的圍巾反覆在脖子上纏繞多次，直到圍巾幾乎遮蓋鼻子為止。當他向我吻別的時候，我的唇邊也沾上了羊毛。

我開始經常去拜訪莉絲和奧勒，也會去拜訪艾博的母親。她身體嬌小，年齡也大了，總把一切事情都說得好像是一場又一場的意外。「自從丈夫去世以後，我只剩下我的兩個兒子了。」她用她那雙明亮的黑色眼睛看著我，我非常確定她害怕我會把她其中一個兒子從她身邊搶走。艾博的哥哥名叫卡爾斯登（Karsten）。他是工程系的學生，經常猶豫著不知道該如何開口，和母親說他想搬出去住。他不敢。艾博的母親是一名格倫特維格教派（grundtvigiansk）[25]牧師的女兒，她問我是否相信上帝。當我回答不的時候，她傷心地看著我說：「艾博也不相信，希望你們都會將靈魂轉向主。」她說這些話的時候，艾博看起來很尷尬。

艾博和我上床時，從不避孕。我告訴他，想要一個孩子，我會自己負責撫養。我每個月都會在日曆上畫個紅色的叉，然而時間過去，什麼事都沒發生。然後，我的小說出版了，隔天早上，我的房東拿著一份《政治報》衝進來。「您今天上報了，」她氣喘吁吁地說，「是因為一本書，您自己看看。」我翻開報紙，無法相信自己的眼睛。在報紙最好的版位上，在「日復一日」（Dag til Dag）專刊旁，菲德烈克．施貝格（Frederik Schyberg）[26]寫了一篇跨越兩個欄位的評論，標題是〈精緻的純真〉（Raffineret Uskyld）。那是一篇非常振奮人心的評論，我高興得有點不知所措。稍後，莫登捎來了一封電報，上面寫著：「感謝施貝格和真正的天才。」當日，他親自來訪，我們喝著咖啡的時候，他告訴我，俱樂部會員都在竊竊私語。他們說我是在利用維果．F，如今自己獨立便拋棄了他。我告訴莫登，或許是吧，但我還是很痛苦，因為這並非全部的真相。隔天，一首有關我的哲理詩刊登在

25 譯注：受到十八世紀末最有影響力的丹麥牧師、政治家、思想家和詩人格倫特維（N.F.S. Grundtvig）思想影響的一個基督教教派，信徒以格倫特維對基督教、文化、教堂和祖國的理解為教義，其中最典型的思想代表是「人為先，教堂為後」。

26 譯注：一九〇五年～一九五〇年，丹麥作家、文學評論家與劇評家。

《政治報》上。詩是這樣寫著：

我從未把我詩人的帽子
隨便為某個托芙而揚起
然而此刻我必須和大家齊聲歡呼

這樣一個毫無異議的首次亮相
如此巨大的成功
讓我擔心將會傷害一個孩子

顯然的，他還是想念著他的小貓咪。儘管他和莊園女人結了婚，從此沒有再出現在俱樂部。

忽然之間，我把這一切都拋諸腦後，因為我的經期晚了幾天。

我和莉絲討論，她勸我去診所找醫生驗尿。醫生答應我，結果一出來就會打電話給我，接下來幾天，我幾乎都沒有離開過電話旁。最後，他終於來電了，以一種非常日常的語調說：檢驗結果是陽性。我即將有個孩子了。這真叫人難以理解。在我體內單薄的一抹黏液將會擴展，日復一日地長大，直到我有一天變得肥胖而失去了體型，就如我童年時那位長髮姑娘一樣。艾博並沒有太高興。「我們不得不結婚，」他說，「我得告訴我的母親。」我問他，是不是對婚姻有任何抗拒，他說沒有。「只是我們還太年輕了，我們能住在哪裡呢？」想到這些巨大的變化，他的眼裡透露出無助的神色，我吻了他美好、脆弱的唇。我覺得，我因為我們三個而有了力量。然後，我忽然想起，我還沒正式離婚，於是寫了一封非常友善的信給維果．F，告訴他，我懷孕了，請他跟我離婚。從他的回函看得出來，他被激怒了：「我只能說，該死！去找律師解決吧，越早越好。」我把信拿給艾博看，他說：「他這個人也太離譜，妳究竟看上他哪一點？」

接下來的日子裡，艾博來看我的時候，幾乎都是醉醺醺的。他僵硬地把圍巾纏繞在脖子上，說話時含糊不清。「我沒用，」他說，「妳值得更好的男人。我到現在還沒告訴母親。」最後，他終於說了。他的母親為這場「意外」大哭，說再也沒有什麼值得她活下去了。莉絲說，艾博無法忍受他母親的眼淚和責備。她說，他是一個好人，但也是一個懦弱的人，在這個婚姻裡，我必須是當家作主的那個人。雖然我什麼也沒有做，但是也不喜歡聽這些話。除此之外，我每個早上都覺得噁心和孕吐。娜特雅來看我，她說得更加單刀直入。「艾博是個酒鬼，」她說，「他什麼也做不了。他的人確實很好，但是，我想妳以後得負責供養他了。」

6

離婚還沒完全辦妥，我們便先搬進艾博的母親家裡去了，因為我們想一直在一起。上午的時間，艾博多半都在物價局，很多大學生都會在那裡消磨時間順便賺點零用錢。他和另一個經濟系的學生坐在一起，他名叫維克多（Victor）。艾博的朋友就像天上的星星那麼多，我從來沒見過他們。每個早晨，他和維克多抵達辦公室，他們會翻看讚美詩集，吟唱當天的讚美詩，接著就開始捲菸。菸草並不容易取得，所以他們有時也以別的替代品捲進香菸。此時，我正開始創作下一本小說。我剛剛把一本詩集的完稿交出去，書名將會是《小小世界》（*Lille verden*）。是艾博取的。

他對我的工作非常感興趣。他當初想選讀文學系，但是，他那兩年前過世的父親說文學不切實際也無法維生，所以他現在讀了經濟系，儘管他一點也不感興趣。但是他熱愛文學，當我們沒有在聊天的時候，他經常在閱讀小說。他會引薦一些我完全不知道的書。每天下午他下班回家後，就會想看我寫了些什麼，如果他提出批評，總是有原因的，我會根據他的意見修訂。在這段時間裡，我並沒有經常和我的家人見面。哥哥和一個離過婚的女人同居了，她有一個三歲的孩子。艾博和我曾去探望他們，但是他和艾博無話可說。艾博是來自市郊的上流社會男孩，而艾特文則是來自哥本哈根的油漆工，每天都不得不把油漆裡的纖維素吸入他已經受損的肺裡，因為他沒有其他退路。我父母的世界也和艾博的世界相隔遙遠。他和父親討論書籍，就如維果．F和母親在一起時談論著我。但是艾博對他們並沒有任何輕蔑的態度。和他母親與卡爾斯登吃完晚餐後，我們會躺在我們房間裡的床上談論未來、我們即將擁有的小孩、人生，以及我們認識彼此之前的過往生活。艾博非常喜歡有著無限可能性的話題。比如，關於黑人的膚色，以及猶太人的鷹鉤鼻，他都有自己的一套理論。有一次，他把頭枕在手肘上瞪著我的臉看，他那雙細長的眼裡有著一種強烈的道德氣息。「或許，」他嚴肅地說，「我們應該為自由而戰鬥。自從法國陷落以後，一切看起來都不太好。」我說這種事可以讓那些沒有妻小的人去操心。他轉眼好像就忘了這件事。這段時間，我過得很好。我快要結婚了，我即將有小孩，我有一個我愛的年輕丈夫，不久後，我們將擁有自己的家。我對艾博說，我永遠都不會離開他，我不喜歡複雜的生活，就如同最近那樣。他抬起我的下巴，親吻我。「確實，」他說，「如果妳很複雜，妳的人生自然也會跟著複雜。」

離婚終於辦妥了，我們在塔迪尼路（Tartinisvej），距離莉絲和奧勒及艾博母親不遠處，租了一間公寓。南港就在長長的英和瓦街（Enghavevej）的盡頭，就如指甲在手指的尾端。那一區也被稱為「音樂城」，因為每一條街都是以作曲家來命名。建築物都不會太高，幾乎每一戶前都會有一個鋪著草皮、種有樹木的小小花園。在最後兩條街和一個開放的空地間，有個垃圾掩埋場，有時候惡臭會隨著風被吹進公寓，因此我們無法打開窗戶。在莉絲和奧勒住的瓦格納街（Wagnersvej）對面，有很多社區獨幢住宅，很多人常年住在那裡。其中一個屋子的女主人會負責替莉絲打掃房子，而每個星期六，莉絲則會把女主人的五個小孩帶到樓上的浴室裡，幫孩子們清洗乾淨，因此公寓裡總是充斥著他們的哭嚎聲。對莉絲而言，做這些事情從來不必多加思考，在某種程度上，她讓我想起娜特雅。娜特雅和一個水手同居了，他是一名共產黨員，所以她現在也經常發表關於共產主義的意見，然而當年和皮亞特在一起時，她卻非常支持右翼分子。這些事都是艾博告訴我的，因為我晚上已經不出門了，懷孕讓我在晚上八點左右就開始感到疲憊不堪。

我們的公寓相當於一間房間再加半套房間那麼大，雙人床幾乎就占了約半間房。床是艾博的母親送的。在另一個廳裡，放著艾博父親的書桌、一張我們買的二手餐桌、四張莉絲送給我們的椅子，以及一張挨牆靠著的長沙發。沙發上放了一張棕色的毯子，某天艾博靈光一閃，將另一張棕色毯子掛在沙發後面的牆上。莉絲給了他一張紅色的毛氈，他把它剪成一個心形，貼在牆上棕毯的中間，接著往後退一步，欣賞著他的傑作。「在我們的家，」他傲氣地說，「我們永遠都不會舉辦有酒精的派對。」為了他母親，我們在結婚前都不會搬進自己的公寓裡。否則她會覺得我們過於罪孽深重。我們在八月初結婚，手牽手一起騎腳踏車到市政廳。我們去得太早，於是先到一間弗拉斯卡蒂（Frascati）咖啡館喝咖啡。喝咖啡的時候，我坐著端詳艾博的臉，覺得他是如此柔軟無邪，如此脆弱，讓人很想保護他。忽然間，我說：「你的上唇好突出啊。」我沒有任何惡意，然而他卻以一種戰鬥的姿態看著我說：「比不上妳的上唇突出。我的才沒那麼突出。」我被激怒了，「你的才幾乎掩蓋了整張臉。」他氣得面紅耳赤。「妳少來批評我的外貌，」他說，「在高中的時候，女同學們都為我而瘋狂。莉絲會接受奧勒完全是因為我不要她。」「你別那麼自負。」我氣憤地說，心裡納悶：我們在吵架啊，可我們從來不曾吵過架。艾博沉默地付錢給侍者。他那暗黑色的西裝外套袖子太長了。這套婚禮西裝是向他哥哥借的。「燈籠圈」的他們穿著邋遢，不僅僅是因為他們窮，也是因為，衣裝楚楚對他們來說是荒唐的。艾博用食指在僵硬的領帶上來回摩擦——那領帶對他來說，是有點太大了。他大步走在我前面，我們不發一語，走到了市政廳前，他停下腳步，甩了甩頭，把頭髮也往後甩。「如果妳不停止批評我的上唇，」他威脅地說，「我絕對不會跟妳結婚。」我笑了出來。「不，」我說，「這太孩子氣了。我們真的要為了誰的上唇比較突出這件事而絕交嗎？那絕對是我的。」我把上唇拉下覆蓋在下唇，並努力把眼睛往下瞪，好讓我看得見自己的嘴巴。「幾乎有一公里那麼長呢，」我說，「走吧，我們要結婚了啊。」

我們還是結了婚。我們搬進自己的公寓，因為我開始賺很多錢了，所以也聘請了一位婦女幫我們打掃清潔。她叫漢森太太（Fru Hansen），當她來應徵的時候，艾博迫切地問：「您會為胡蘿蔔刨絲嗎？」她說她應該沒問題。「胡蘿蔔非常健康，」他這樣向她解釋，「尤其是現在，很多東西都買不到。」每次她想起這件事就會拿來開玩笑，因為她根本沒在我們家看見過胡蘿蔔。日子如獨奏曲前的開幕鼓聲一樣過去了。我閱讀一切有關孕期、媽媽經和幼兒護理的書籍，我無法了解為何艾博不像我這樣對這件事有任何興趣。他說，他難以相信自己將要成為父親了。他也難以相信會在報章上看到我的名字。他不知道自己怎麼會和一個名人結婚，他甚至不知道自己是否因此感到快樂。晚間，他坐著，邊用手指纏繞著頭髮，邊解各種方程式。他喜歡把各種方程式一一解開，他說他其實應該成為數學家的。我告訴他，傑爾特·約恩森曾經對我說過，沒有一個正常的男人會被我吸引。「誰是正常的呢？」他說，拍了拍口袋尋找他的錢包、菸盒或鑰匙。他非常不容易集中精神，也常常忘東忘西。他走路的時候總是把頭微微向後仰，鼻子懸在空中，彷彿這樣才能讓視線更清楚，所以他經常被街上的東西絆倒。他經常到莉絲和奧勒家去參加派對，然後半夜醉醺醺地回家把我吵醒。我會因此生氣然後把他趕走，因為這個階段我也非常需要睡眠。隔天早上他總是向我道歉。有時我會回娘家，或者母親會來看我。我會和母親聊起有關生產的事，她告訴我，艾特文和我誕生在肥皂泡泡之間，因為她企圖以吞食綠色香皂來墮胎。「我從來就不喜歡小孩。」她說。

日子一天天過去，幾個星期過去，然後幾個月過去了。我將在豪瑟廣場（Hauserplads）上的奧果德（Aagaard）私人診所生產，奧果德醫生負責我所有的產檢。他是一個友善的老人，對於我所有關於生產的焦慮，他都給予安撫。我被告知，必須在宮縮間隔五分鐘的時候去診所。然而，預產期過去了，什麼事都沒發生。我之前買了一件海豹皮草大衣，現在已經需要把釦子一顆顆解開，直到每顆釦子都懸掛在皮草邊緣。艾博得幫我綁鞋帶，我也無法彎腰了。我覺得幾乎沒見過像我這麼肥胖的孕婦。我很害怕會生下一個滿腦子都是水的巨嬰。我記得好像在哪裡讀過這樣的案例。我經常帶著莉絲的小孩金姆（Kim）去散步。他非常溫柔，也很愛笑，讓我想起尼斯・彼得森（Nis Petersen）[27]的詩句：「我蒐集孩童的笑聲。」在這段期間，卡爾・比揚霍夫（Karl Bjarnhof）[28]替《社會民主報》為我做了一個專訪。我看到標題時嚇了一跳。大寫的字母寫著：「我想要錢、權力和名譽。」我真的說過這樣的話嗎？我要權力做什麼呢？整個專訪呈現出來的印象讓人非常不舒服。我被描述成一個愛慕虛榮、野心勃勃、膚淺，以及眼裡只有自己的人。記者們對我向來都很好，我想著究竟什麼時候得罪了卡爾・比揚霍夫呢。忽然，我想起來了，他是維果・F的朋友之一，或許，他是對於我離開維果・F這件事，心存怒意。

那是一個嚴冬，街上結了霜。我不耐煩地等著宮縮的到來，為了促進宮縮，天黑以後，我和艾博手挽著手，氣喘吁吁地繞著房子跑。皮草大衣的釦子都爆開了，可是該來的卻還是不來。終於，在一個上午，我的肚子開始疼痛，我問漢森太太，有沒有可能是陣痛？她說應該是。一天下來，疼痛加劇。艾博握著我的手，直到陣痛過去。傍晚時分，我們到了診所，他以一種深遠、無助的眼神和我告別。

§

27 譯注：一八九七年～一九四三年，丹麥詩人、作家，也是同代最受歡迎的詩人和作家之一。

28 譯注：一八九八年～一九八〇年，丹麥作家、記者，也是丹麥學院（Det Danske Akademi）的共同創辦人。

「可是，她真的好醜。」我低頭看著他們放在我懷裡那個被包裹起來的小人兒，驚訝地說。她的臉是梨形的，太陽穴兩端有兩道深痕，那是助產的鉗子留下的痕跡。她頭上一根頭髮也沒有。主治醫生笑著說：「您這樣覺得，只是因為您不曾見過初生嬰兒。他們長得都不怎麼好看，但是母親們通常依然會覺得他們很美。我現在去請您的丈夫過來吧。」艾博手上捧著一束玫瑰花。他尷尬地捧著花，讓我忽然想起他從來沒有送過我任何東西。接著，他坐在我身邊，看著剛被放在搖籃裡的嬰兒。「她的臉很腫。」他說，而我深深地覺得被冒犯了。「你能說的只有這個？」我說，「整個生產過程耗時二十四小時，我發誓，不會再生第二胎。我痛得大哭大叫，而你能說的只是，她的臉很腫。」艾博看起來有點自責，但是卻說了一句讓情況更糟的話：「也許她長大以後，會變得好看一些。」然後他問我什麼時候可以回家，說他很想念我之類的話。我彎腰伸手到搖籃裡，握著那些小小的手指。「現在，我們是爸爸、媽媽和孩子，一個普通正常的家庭。」「為什麼，」艾博好奇地問，「妳那麼想當一個正常的普通人？事實上，妳並不是啊。」我無法回答他，但是，打從我有記憶以來，總是有著這樣的渴望。

7

可怕的事情發生了。自從生下赫樂（Helle）以後，我失去了和艾博上床的慾望，就算做了，我也毫無感覺。我跟奧果德醫生提起這個問題，他說，這並不奇怪。我要餵母乳、照顧小孩、工作，忙得不可開交，當然沒有多少精力留給艾博。但艾博為此感到非常不快樂，因為他覺得這是他的錯。他和奧勒討論，奧勒推薦他買范・德・維爾德（Van de Velde）[29]的《理想的婚姻》（*Ideal Marriage*）。他買了，面紅耳赤地閱讀，因為這本書簡直是這些年來的情色聖經。他讀了每一種姿勢，每晚都嘗試一個新的姿勢。每個早上，我們兩人都因為各種特技動作而搞得全身痠痛，結果一點幫助也沒有。我和莉絲討論這個困擾，她悄悄告訴我，她在生下金姆以前從沒有享受過這麼好的性愛。她以那雙溫柔純情的大眼睛看著我，充滿深意地說：「不然，找個情人？」她問，「有時候，第三者的出現，反而會讓兩個人的關係更親密。」她自己也有一個情人，他是律師，受雇於警察局，他們兩人每天暗渡陳倉好幾個小時，她總是告訴奧勒說要加班。奧勒彷彿知道，卻又置若罔聞。奧勒和另一個女人懷了一個孩子，在孩子誕生以前，莉絲認真考慮要領養他。小孩生下來以後才發現是個聾子，所以她很慶幸並沒有真的領養。我說，我不要什麼情人，因為如

29 譯注：一八七三年～一九三七年，全名西奧多．亨德瑞克．范．德．維爾德（Theodor Hendrik Van de Velde），荷蘭婦科醫生。那個年代的許多醫生都認為性行為會影響健康、提倡禁慾，他卻強調性滿足有益於兩性的健康。《理想的婚姻》是他最著名的作品，被視為當年最有影響力的性指南，亦被翻譯成多種語言。

果我的人生變成如此凌亂複雜，我將無法專心工作。而我越來越了解，我唯一能做的事，那唯一能讓我充滿熱情的事，是創造句子、組合詞句或寫簡單的四行詩。要做到這點，我必須以一種特別的方式觀察身邊的人們，彷彿得把他們都收納在資料夾裡，以便日後需要時能取出來使用。為了做到這點，我也必須以一種特別的方式來閱讀，我需要以全身的毛細孔來吸收一切即便現在用不上，但日後或許會用上的元素。這就是為什麼我無法擁有太多人際關係的原因，我不能太密集地出門應酬，也不能喝酒，否則隔天無法工作。而由於我無時無刻都在腦海裡組織排列我的文字，所以艾博和我說話的時候，我經常顯得十分疏離，也讓他感到十分沮喪，再加上我還要照顧赫樂，這些都讓他覺得自己被摒棄在我的世界之外，而他曾經是我世界的一部分。他下班回家以後還是會閱讀我寫的東西，但現在他的批評都是無意義且不公平的，彷彿只是為了打擊我最在意的事。有一天，我們吵了起來，因為在《童年的街》（*Barndommens Gade*）裡有一個穆爾瓦特（Mulvad）先生。這個穆爾瓦特先生喜歡解數學方程式，艾博生氣了。「這明顯就是我，」他說，「我所有的朋友都會指認這個角色，而且拿來取笑我。」他要求我把穆爾瓦特先生這個人物全數刪除。他確實是個糟糕的角色，因為我還不太擅長描述男人，但是我不想把他刪除。「我不明白，」艾博憤怒地說，「為什麼妳無法像狄更斯那樣創造角色。妳書中的人物都是根據現實生活所描繪，這根本不是藝術。」我請他不要再讀我的作品，因為他根本什麼都不懂。他說，他已經非常厭倦和一個詩人結婚，更何況對方還是個性冷感。我倒抽一口氣，忽然間淚流滿面。自從童年那次和哥哥爭吵以後，我不曾和任何人吵過架，我也無法忍受和艾博翻臉。赫樂醒了，開始大哭，我把她抱在懷裡。「他就不能解數學方程式嗎，」我可憐地說，「我不知道這些男人在閒暇時會做什麼事啊。」艾博一把抱住我和赫樂說：「對不起，托芙，別哭了。他可以解方程式，我所說的一切都不是我的本意。我只是在氣頭上，妳懂的。」

那次吵架後不久，某天午後，他沒有在慣常的時間回到家，我才發現自己有多麼依賴他。我不安地走來走去，什麼事都做不了。艾博經常在傍晚時分出門，但是通常下班後會先回家。晚間，我先幫赫樂餵奶，替她穿好衣服，然後散步到莉絲家裡，她剛剛下班回到家。她說，奧勒也不在家，他們大概是一起出去了，肯定是遇上了其他朋友，玩得樂不思蜀。這對她來說已經是家常便飯。「妳真是一個傳統的女人，」她面帶微笑地說，「或許妳確實該找一個每週準時把薪水帶回家，而且完全不喝酒的丈夫。」我把和艾博爭執的事告訴她。「我們的婚姻關係已經大不如前了。我害怕，」我向她坦白地說：「他會另外去找一個不寫作也沒有性冷感的女人。」「或許一個晚上，」她說，「但是他絕對不會離開妳和赫樂的。他很為妳驕傲，每一次他提起妳，都會給人這樣的感覺。妳必須明白，他經常覺得自卑。妳很有名，賺很多錢，從事著自己十分喜歡的工作。艾博則只是一個窮學生，實際上，他算是被老婆養。他選擇了一個錯誤的學系，所以他只能靠喝醉去面對人生。但是，只要你們在性愛方面合得來，一切都會好轉。沒問題的，妳現在只是因為哺乳而感到疲累而已。」她把金姆跑起來，陪著他玩。「等奧勒大學畢業以後，」她說，「我要當兒童心理學家。我無法忍受辦公室的工作。」莉絲對於別人的孩子也是視如己出。她關心他人，朋友們都會和她分享一些甚至無法對最親密的人開口的事。「妳覺得他什麼時候會回家？」我問。「我不知道，」莉絲說，「有一次，奧勒整整八天都沒回來，我也開始擔心。」金姆睡著了以後，她屈膝而坐，把下巴擱在其中一個膝蓋上。她整個人散發出一種安全感和善意，我感覺好了一些。「有的時候，我覺得我無法和任何人好好相處，彷彿全世界只剩下我自己。」「胡說，」莉絲說，「妳真的很愛艾博啊。」「是的，」我說，「但不是以正確的方式。如果他忘了他的圍巾，我不會提醒他。我也懶得為他認真去做任何餐點或類似這樣的事。我想我大概只會愛上對我有興趣的人，因此我從來不會陷入不幸的愛情。」「是有這種可能，」她說，「但是艾博確實對妳有興趣啊。」我告訴她穆爾瓦特先生和數學方程式的事，她大笑。「我不知道艾博喜歡解方程式，」她說，「這真的很好笑。」「不，」我嚴肅地說，「當我寫作的時候，我誰都不關心。我做不到。」莉絲說，對藝術家而言，自我中心是必須的，要我別想太多。我穿越漆黑的街回家，星星也無法將街道點亮。我很安慰，我還有嬰兒推車可以倚靠。時間還未到晚上八點，我快步行走，因為宵禁時間快到了。大家都必須在晚上八點鐘以前到家。也就是說，無論艾博人在何處，他今晚是不會回家了。我幫赫樂換了尿布，換上睡衣，把她放上床睡覺。她已經四個月大了，張著無牙的嘴巴對我笑，同時用她那整隻小手抓著我的手指。幸好，對於她的父親沒回家這件事，她此刻根本完全不在乎。

隔天上午，艾博回家了，一付楚楚可憐的樣子。大衣的釦子都扣錯了，圍巾整個圍到眼睛上，現在都已經是春天了，而且天氣其實有點暖和。他的雙眼因酒醉而通紅，也明顯地缺乏睡眠。看到他還活著，我實在太高興了，也完全不想罵他。他搖擺不定地站著，笨拙地跳著「狒狒舞」的舞步，那是他喝酒時經常表演的獨舞，他身邊的人通常都會圍繞著他，為他鼓掌喝采。他單腳站著搖擺，但是失去了平衡，踉蹌地抓住了一把椅子。「我對妳不忠。」他含糊不清地說。「和誰？」我傷心地問。「一個美麗的女孩，」他說，「一個沒有懷孕，也不冰冷的女孩。一個奧勒在托坎藤（Tokanten）酒吧裡認識的女孩。」「你還會再見她嗎？」我問。「這個嘛——」他倒在一張椅子上，「這得看情況。如果妳讓穆爾瓦特玩單人紙牌，或許我不會再見她，否則，我就不確定了。」我走向他，把他的圍巾從嘴上解開，吻了他。「不要再見她了，」我急切地請求他，「我會讓穆爾瓦特玩單人紙牌的。」他還抱著我的腰間，把頭埋在我腿上。「我是一個怪物，」他喃喃自語，「妳為什麼要和我在一起？我是個酒鬼、窮鬼，毫無所長。妳這麼漂亮，又有名氣，妳可以得到任何想要的男人。」「但是我們有一個小孩，」我急切地說，「我誰也不要，只想和你在一起。」他站起來，抱住我。「我很累，」他說，「我把自己灌醉，也無法解決我們之間的問題。該死的范・德・維爾德，我扭到腰了。」於是我們笑了起來，我幫他把衣服脫了，然後把他弄上床。然後，我坐在打字機前，寫作的時候，我忘了我的丈夫和另一個女人上了床，我忘了一切的煩惱，直到赫樂哭著討奶吃。

隔天，我寫了一首詩，開頭是這樣的：「為何我的愛人走入雨中，不戴帽子也不穿上外套？為何我的愛人在夜裡消失，沒有人可以理解。」我把這首詩讀給艾博聽，他說詩寫得不錯，不過那晚並沒有下雨，而且他有穿外套。我大笑，告訴他當年艾特文讀了我小時候寫的詩以後，說我滿口都是謊言。艾博說，既然那會讓我如此難過，他不會再喝酒喝到不回家，「都是那個該死的普利穆特酒，」他說，「在酒館如果想要買一杯啤酒，就得先喝一杯普利穆特，就這樣把人們都變成了酒鬼。」我帶著醋意問他那個女孩長相如何，他說她根本沒有我一半漂亮。「她是那種喜歡和藝術家及大學生混在一起的女生，這種女生多到可以餵鯊魚。」他又說：「如果我們沒有赫樂，我們之間就不會有任何問題。」「我們會沒事的，」我趕緊說，「我覺得，一切都會變好的。」但是，那不是真的。我們之間曾經擁有的，最重要、最無限美好和最珍貴的一切，都被摧毀了。這對艾博來說，影響更大，因為他無法像我這樣，以寫作療癒一切的苦惱和哀傷。晚上，我們睡著以前，我望著他細長的眼睛深處，他棕色眼珠裡的斑點，因為燈光反射而呈現金色的光。「無論發生什麼事，」我說，「請答應我，你永遠都不會離開我和赫樂。」他答應了。「我們會白頭偕老的，」他說，「妳會長滿皺紋，下巴以下的皮膚會和我母親一樣，變得鬆垮垮的，但是妳的眼睛永遠都不會變老。永遠都會和現在一樣，藍色的眼珠邊緣有一道黑色的邊。那是我當初愛上的眼睛。」我們互相親吻，如手足般把彼此擁入懷中。自從「范・德・維爾德時期」以後，他不再嘗試和我做愛，儘管我並不抗拒，也很少拒絕他。

8

五月末的某一天，艾絲特來探望我。她告訴我，俱樂部快要解散了，一部分原因是因為宵禁，另一部分是因為餐廳也不太願意再出借場地，因為我們從來沒有讓他們賺多少錢，再來就是會員們各自的複雜人生。桑雅的小說，經過莫登・尼爾森的一再修改，她也讓盧保教授（professor Rubow）閱讀了其中幾個章節，但是始終無法將小說完成。雅典娜神廟出版社願意出版哈夫丹的詩集，艾絲特的小說也會在秋天由雅典娜神廟出版。我自己則把《童年的街》的初稿交給了出版社，但是此刻沒有任何寫作計畫的我，內心深處有一種任何事物都無法填補的空洞感。我覺得，我把一切都吸收到身體裡，卻無法再創造出一些什麼。莉絲說我應該好好享受人生一段時間，畢竟都熬過了這樣艱難的時光，我值得的。但是，對我來說，人生最大的享受，便是在寫作的時候。由於極其純粹的無聊，我經常到住在舒伯特路（Schubertsvej）的阿爾納（Arne）和辛娜（Sinne）家裡找他們，一坐就是好幾個小時。他們就是我和艾博初次在一起的那晚，躺在旁邊孩童床上的那一對情侶。阿爾納和艾博一樣是經濟系的學生，家裡資助他不少費用，因此他完全不需要打工。辛娜是來自利姆海峽（limfjord）區域農場主人的女兒，身材豐潤，一頭紅髮，朝氣蓬勃。她剛剛開始在學生學術中心補修高中課程，因為她無法忍受自己這麼無知。我告訴她，我已經習慣了自己的無知，學什麼都沒有用。我也告訴她，我甚至還沒來得及讀完有關法國大革命的歷史，便和維果・F離了婚。

艾絲特從維果．F家裡搬出來了。她說維果．F不斷說起對我的想念以及我離開他所帶來的痛苦，讓她感到非常厭倦。她目前搬回家住，但是情況也不理想。她的父親是一名破產的批發商，經常把情婦們輪流帶回家。她母親則是已經習慣了。「妳知道嗎，」她說，「對於那些極端的自由主義，我已經感到反感而且厭倦透了。」「我也是啊。」我接著問她，像我們這種奇怪的人，不寫作還能做什麼呢。然後她這才告訴我來訪的真正目的。當她還在藥房工作的時候，認識了一個畫家，她的名字是伊莉莎白．納克曼（Elisabeth Neckelmann）[30]。她和另一個穿著男裝襯衫和西裝，總是使用琥珀菸嘴的女人同居，因為她只喜歡女人。「她對我有點意思。」艾絲特淡淡地說，她問我願不願意去她的夏日度假屋住一段時間。我覺得那是個不錯的主意。「但是我不能和哈夫丹一起住在那裡，這樣我們就會完全沒有任何收入。妳願不願意和我一起到那裡去小住一陣子呢？鄉下的空氣對赫樂來說，也是有益的。」在我猶豫不決的時候，艾博忽然插口說：「我覺得妳應該去，」他說，「小別勝新婚。」他又說，如果赫樂不在，他也比較能靜下心來專心唸書。他馬上就要面臨第一個階段的考試，他需要迎頭趕上。於是，我接受了艾絲特的邀請。我喜歡她，因為她總是如此冷靜、友善和理智，也因為她和我擁有一樣的人生目標。艾博承諾，他有機會就來看我們，儘管度假屋位於遠離哥本哈根的西蘭島（Sydsjælland）南部。我們約好隔天一起騎腳踏車去那裡。當天晚上，艾博再次和我上床，我們已經很長一段時間沒有親密關係了。整個過程，他都充滿怒氣，對我

30 編注：一八八四年～一九五六年，丹麥畫家，主要作品包括花卉畫、風景畫、肖像畫等，並於一九二四年～一九五四年擔任丹麥女性畫家協會的負責人。

一點也不愛憐，彷彿因為自己竟還會被我吸引而生氣。「等我停止哺乳以後，」我愧疚地說，「一切就會不同了。」他被我的母乳噴了一頭，笑了起來。「要和乳製工業上床，也實在不是一件簡單的事啊。」他說。

§

屋子座落在低窪地，屋後是麥田，通往大路的斜坡上長滿雜草和野生的覆盆子叢，一對彎曲的松樹遮蓋了小徑。屋裡的客廳十分寬敞，角落有舊式的灶爐，另有一個小房間，裡面放了兩張床，兩張床靠得很近，近到我在夜間醒來時都能聽見艾絲特輕緩的呼吸。我和赫樂一起睡，她小而溫暖的身體倚靠著我，讓我感到安全而幸福。白天，她躺在嬰兒車裡，睡在陽光下，她和我一樣，都不太容易被曬黑。我們的皮膚都非常白。而艾絲特卻只不過曬了幾天太陽，皮膚就曬出顏色來了。她的牙齒因而看起來更白了，棕色的肌膚也襯得她的眼白宛若濕濡的陶瓷。早晨我會第一個起床，因為艾絲特比我需要更多睡眠。我得費盡力氣才能用柴火把灶爐點起來；柴火是向附近一個農夫買的，我們也和他買了牛奶和雞蛋。灶爐生出的煙多過火，我得嘗試好幾次才能把爐火成功點燃。然後，我會泡杯茶，把麵包塗好奶油，有時還會把早餐拿到床邊讓艾絲特享用。「妳把我寵壞了。」她快樂地說，同時用手擦著她落葉般的棕色眼睛，企圖把睡意抹走，平滑黑髮就落在額頭上。我們走長長的路去散步、閒聊、陪剛剛長了第一顆牙的赫樂玩，如此消磨掉一天的時間。我從來不曾在鄉下生活，對於這樣一種從來未曾經歷過的寂靜，我感到十分奇妙。我有一種接近幸福的感覺，我想，這大概就是所謂的享受人生吧。

傍晚時分，我經常獨自去散步，艾絲特幫我照顧赫樂。我能感受到，田裡和松樹林飄來的芳香，比我們抵達的那天更為強烈。農舍窗子裡透出的光如閃爍在黑暗中的黃色方框，我不禁忖思，這些人都是如何過日子的呢？男人可能坐著聽收音機，妻子從一個大編籃裡取出襪子來修補。沒一會兒，他們將會打呵欠，伸懶腰，觀察天氣，聊幾句明天的工作，然後躡手躡腳地上床睡覺，以免吵醒孩子們。那黃色的方框將會被熄滅。全世界的眼睛都閉上了，城市都睡著了，屋子也睡了，田園也入眠了。當我重新回到屋內時，艾絲特會簡單地準備晚餐，例如煎個荷包蛋之類的，我們不太為晚餐費神。然後，我們會點起煤油燈，坐著閒聊好幾個小時，中間有長長的停頓，但是那並不像我和艾博之間那種緊張而激烈的沉默。艾絲特告訴我，關於她的童年、她那異於常理的父親及她溫柔而有耐性的母親。我也告訴她，關於我的童年，我們的過去在彼此之間閃閃發亮，栩栩如生，如一堵充滿生命的牆。這些平靜的日子只有在哈夫丹或艾博來訪時會稍稍被打斷。他們偶爾會一起騎著腳踏車過來，氣喘吁吁滿頭大汗地抵達。他們來的時候，我們總也能度過愉快的時光，但我還是最喜歡只和艾絲特待在一起。她穿著洗得褪了色的襯衫和長褲，小小的嘴巴和上翹的嘴唇，讓她看起來像個男孩。

天氣炎熱的時候，我們會在早晨去田邊徹底洗淨身子。艾絲特有一付強壯的黝黑身軀和大而結實的乳房。她比我高一些，肩膀寬大。當她把冷水倒在我身上時，我不禁大聲尖叫，皮膚冷得發紫，雞皮疙瘩都立了起來。但是輪到我把水倒向艾絲特的時候，她冷靜地迎向陽光，在草地上如被釘在十字架似的，伸展著她那平滑、光亮的身體，任陽光曬乾。我覺得，我能以這種方式度過餘生。艾博和我們之間無止境的問題，對我來說，已經過於複雜了。

麥穗已變成金黃色，在風中飄揚，纍纍的麥粒讓麥子顯得沉重。清晨，我們被屋子週遭布穀鳥或遠或近的叫聲吵醒，鳥兒彷彿充滿樂趣地在捉弄我們。最後，我們當中一人會掙扎著起床，頂著昏眩的睡意，開門拍手把鳥兒們趕走。一個小時後，收割機開始沿著麥田收割，太陽在松樹林後托著金黃色的額頭升起。我躺著餵奶，同時端詳著艾絲特。我想，很快地，我們就會分開，各自回到彼此的丈夫身邊。我想起了我童年時的好友露絲，一陣不知何處傳來的溫暖感受穿越屋裡，貫穿了我。「或許，」我對剛醒來的艾絲特說，「我該讓她斷奶了？」「或許吧，」艾絲特微笑著說，「她看起來長得不錯，吃點副食品應該也沒什麼問題。不過，斷奶會讓妳美麗的乳房消失喔。」

我回到曬黑了的艾博身邊。他以最低分通過了第一階段的考試，但是至少過關了。他由衷高興地再次和我重逢，當他擁抱我的時候，我可以感覺到，我的性冷感就快結束了。我這樣告訴他，他說，所以世界上再也沒有任何事可以將我們分開。我也認為我們不會分開。但是，後來我經常想起艾絲特那張黝黑的男孩般的臉孔和她上翹的嘴唇，某種程度上，她以一種無以名狀的方式，讓我和艾博再次親密了起來。

9

秋天，我的新書出版了，並且在各處都獲得了好評，除了在《社會民主報》上，朱利葉斯・博姆霍爾特（Julius Bomholt）[31]以橫跨兩欄的一篇文章給了極度負評，文章題目為：〈逃離工人街〉（Flugten fra Arbejdergade）。有關書的內容，他批評「沒有一絲一毫的感恩」，「同時也缺少了，」他也這樣寫，「有關我們年輕健康的社會民主青年會男孩的描寫。」我的眼淚落入了代茶飲中，我根本不認識任何丹麥社會民主青年會（D. S. U.）[32]的人，如何能把他們寫進小說呢？艾博盡其所能安慰我，但是在寫作這方面，我完全不習慣面對這樣的負評，哭得就像是親人去世般傷心。「當我和維果・F去拜訪他的時候，他曾經對我非常友善。」我說。艾博說，他應該是和比揚霍夫一樣，對於我離開維果・F一事感到生氣，因為那篇評論實在是太充滿惡意了，顯然是私人恩怨。「格雷安・葛林（Graham Greene）[33]曾經寫過，」艾博盯著天花板看，那是他思考時的慣常姿態，「沒有經歷過失敗的人，都是有問題的。」我被他的話所安撫，動手剪下所有的評論——除了負評，反正那對我一點意義也沒有——然後把剪報都帶回家給父親。他把這些都貼進屬於我的剪貼簿裡，他已經貼滿了

31 譯注：一八九六年～一九六九年，丹麥社會民主黨黨員，曾任丹麥國會議員、教育部長及丹麥首任文化事務部部長。

32 譯注：丹麥社會民主青年會（Danmark Socialdemokratiske Ungdom）簡稱為D. S. U.，是丹麥社會民主黨的全國青年支部。

33 譯注：一九〇四年～一九九一年，英國小說家、劇作家、評論家。一生獲獎無數，著有長篇小說《愛情的盡頭》、《沉靜的美國人》等。

大半本。「妳至少可以，」他責備我，「別寫我整天以被磨得光亮的背影背對著客廳睡覺。我並沒有老是在睡覺，我的褲子也沒有被洗得光亮。」「根本沒人知道那是你，」母親說，「書裡那個母親也完全不像我。」母親告訴我說，她把書借給冰淇淋店的女老闆，對方還問她有這樣一個出名的女兒感覺如何。母親說：「在那之前，她根本從來沒正眼瞧過我一次。」

我確實有過一段幸福的時光，那段日子裡，艾博晚上不出門，也不會飲酒過量。另一方面，莉絲和奧勒之間的關係變得不太好。他們面對著極大的經濟困境，因為奧勒要償還學生貸款，而莉絲工作的那個部門薪水並不高。如果不是因為垃圾掩埋場的那些野菇，他們大概會餓死——莉絲在黃昏裡一邊採摘野菇一邊告訴我，她想跟奧勒離婚，改嫁給她的律師情人。他已婚，有兩個孩子。而阿爾納要和辛娜離婚，因為她有了一個情人，對方是個黑市批發商，一天能賺五十克朗，這是一筆鉅款。夜裡，我躺在艾博懷裡，我們對彼此承諾，永遠都不會離婚，也不會對彼此不忠。

我告訴艾博，一直以來，我都不喜歡改變。我告訴他，小的時候從黑爾布街（Hedebygade）搬到威斯頓街（Westend）時，我有多麼哀傷，因為威斯頓街一直無法讓我有家的感覺。我說我很像父親。每當母親和艾特文把家具移動以後，我和父親總是會再重新歸位。艾博大笑，並輕輕撫摸我的頭髮。「妳真是一個該死的保守黨，」他說，「我也是，只不過我是激進派。」他溫柔黯沉的聲音如無盡的線軸般在我耳內盤旋，充滿了安全和永恆的感覺。他繼續發展他那些有關黑人的膚色、猶太人的鷹鉤鼻，或者天空裡究竟有多少星星等等的理論，無止境的話題，恍若單調的催眠曲，伴著我入睡。在睡夢以外，是那邪惡複雜的世界，我們無法忍受，他們亦對我們置之不理。德國人接管了警局，而艾博加入了民防義警隊（CB-betjent）[34]，算是取代了警察。他們穿著藍色的斜肩制服，而艾博的制服帽子太大了。我覺得那帽子讓他看起來很像是好兵帥克（Švejk）[35]，當初他說他應該為自由而抗爭時，我並沒有認真以對。

當赫樂九個月大的時候，她第一次在遊戲圍欄裡喘氣哼聲，用力地站起來。她搖擺不定地站著，手緊緊握著欄杆，嘴裡發出愉悅的尖叫聲。我彎腰摸摸她，誇獎她，忽然間有股液體湧入嘴裡，我衝出去嘔吐。我告訴自己，大概是吃了什麼東西導致過敏，然而，懷孕的可能性仍然讓我害怕得雙腳顫抖——如果我真的懷孕了，我和艾博之間的一切都會被摧毀。

§

「您已經懷孕兩個月了。」我的健保醫生，赫爾堡（Dr. Herborg）醫生說，然後重新坐下，而一直隔在我和現實世界之間的簾子，忽然間如蜘蛛網似的，顯得如此灰白而軟爛。醫生光亮的白袍上少了一顆鈕釦，其中一個鼻孔裡有一條又長又黑的鼻毛。「但是，我不要這個孩子，」我迫切地說，「這是一個錯誤。一定是我把避孕隔膜放錯了位置。」他微笑著，帶著不理解的表情看著我。「老天，」他說，「您知不知道有多少小孩是在錯誤之下誕生的？母親到最後還是愛孩子的。」「我能不能把他拿掉？」我小心翼翼地問，他臉上的笑容立即如被彈開的橡皮筋一樣消失了。「我

34 譯注：一九四〇年～一九四五年間，丹麥被占領時期與占領之後，國家民用空軍部隊的成員，負責解決民防領域的各種任務。

35 譯注：《好兵帥克》是捷克國寶級作家雅洛斯拉夫・哈謝克（Jaroslav Hašek）一部未完成的長篇小說，被譽為反戰文學經典。小說主人翁帥克看似愚蠢，但極為機智，善於以耿直無辜的態度戳破統治官僚的謊言。

不做這種事，」他冷漠地說。「您應該知道，這是不合法的。」於是我按照莉絲的建議，問他是否可以介紹我能幫忙的醫生。「不，」他簡短地說，「這樣做也是不合法的。」於是，我回到了母親家，我知道她會理解我的。她正在廚房裡玩紙牌遊戲。「哎，」當她聽完我來訪的原因後，她說，「這還不容易嗎？妳現在去藥房買一瓶琥珀油，只要喝下去就成了。我試過兩次，所以我知道我在說什麼。」我買了琥珀油，坐在母親對面的廚房椅子上。當我把瓶塞拿掉時，一陣噁心的味道撲面而來，我馬上衝出去嘔吐。「我做不到，」我絕望地說，「我吞不下去。」母親也沒有其他辦法了，於是我只好去了莉絲工作的政府部門，靠著牆，等她下班。我望著證券交易所在暮色中隱約閃爍的青銅色屋頂，想起了俱樂部聚會結束後和皮亞特一起穿越黑暗城市的那些漫步。那時的我，沒有懷孕，如果我留在維果．F身邊，我也永遠不會懷孕。路過的行人們，並沒有留意我。那些從我身旁經過的女人們，有些推著嬰兒車，有些沒有；有些手裡牽著小孩，有些沒有。她們臉上帶著平靜內省的表情，我想她們心裡或許都沒有想要抗拒的什麼在滋長吧。「莉絲，」她還沒走近我，我便叫了出來，「他不願意幫我，上帝啊，我該怎麼辦？」我們走向電車站的時候，我告訴她關於母親和琥珀油的事。太可怕了，莉絲說她從來沒有聽過這種方法。莉絲要去她母親家裡接金姆，我和她一起上樓。她的母親是一個看上去很有威嚴的女性，穿著一件拖地長裙，頭上綁一條頭巾，因為她頭上有禿斑。她一共生了十個孩子，只因為莉絲的父親希望搖籃裡永遠都能有個嬰兒，卻沒有人在乎她的心裡怎麼想。當我們回到莉絲家裡，她說我不該被恐懼打敗，我還有時間找到解決方法。她會問問辦公室裡一個年輕女生，這女生曾在約一年前非法墮過一次胎。不幸的是，最近請了病假，但是只要一復工，莉絲會馬上跟她詢問那間診所的地址。莉絲知道有個倫巴赫醫生（Dr. Leunbach），但是他現在無法幫我，他正因為非法墮胎而入獄。「或許娜特雅知道這些事，」她說，「但是我忘了她和她的水手現在住在哪裡。」「但是，」我絕望地說，「我沒辦法等下去了，我現在就必須做點什麼。我無法工作，而且已經開始對艾博和赫樂都漠不關心。」莉絲說，肯定有不少醫生和倫巴赫醫生一樣願意做這件事。既然我一定要做點什麼，那不如翻開黃頁電話簿，逐一打電話去找醫生，或許會找到一個。在這期間，那個知道診所地址的女生肯定會復工，因此我千萬不能放棄希望。她充滿深意地看著我，「妳真的覺得，如果你們再生一個孩子，會是一件那麼糟糕的事嗎？」連莉絲也不懂我。「我不想要，」我痛苦地說，「我不希望這些我不樂見的事發生在自己身上。感覺就像掉入了什麼陷阱似的。我們的婚姻絕對不能容忍再次出現產後性冷感這種事。」現在我已經不太能忍受艾博觸碰我了。當我回到家時，他告訴我，丹麥抵抗運動團體（Den danske modstandsbevægelse）[36]聯絡了他，他將接受訓練成為自由戰士（frihedskæmper）[37]，為德國投降及退離丹麥的那一天做好準備。沒有人相信那一天會和平到來，抗戰是必須的。自從史達林格勒戰役（Battle of Stalingrad）[38]之後，沒有人再相信德國會勝利。「我不在乎你是強盜還是士兵，」我不耐煩地說，「我有其他的事要操心。」艾博說，他並不支持我去墮胎，「妳可能會有生命危險。」他說，因此他絕對不會幫我找醫生。我懶得回

36 譯注：二戰期間，丹麥抵抗德國占領的一個地下抵抗組織。

37 譯注：參與抵抗運動的人，反對他們認知中壓迫人民的政府或非法政府。

38 譯注：一九四二年～一九四三年，二戰時期納粹德國及其盟國對爭奪蘇聯南部城市史達林格勒的戰役，是人類歷史最為血腥和規模最大的戰役之一，也是二次大戰的主要轉折點。

答他，他什麼也不明白，我不知道自己究竟是看上了他哪一點。

隔天，我展開了尋找醫生之旅。我每天只能看兩三個醫生，因為他們看診的時間都一樣。我穿著棉大衣，紅色的圍巾環繞在頸部，坐在這些白袍面前。他們冷漠且不解地看著我，「究竟是誰給了您這個地址啊？親愛的女士，世界上還有比您更不幸的女人。您已經結了婚，也有了一個孩子啊。」他們其中一位說：「您不是想要我做些犯法的事吧？大門在那裡。」我羞愧又痛苦地回家。先去赫樂的祖母家把她接回來，幫她餵奶，卻無法集中精神。我把她放到床上，又把她抱起來。電話鈴聲響起，話筒傳來一個聲音：「您好，我是亞爾瑪（Hjalmar），請問艾博在家嗎？」我把電話交給他，他簡單回答了對方。接著，他穿上他父親留給他的那件背後有著滑稽皮帶的大衣，因為下雨，他也穿上了長雨靴，頭上戴著一頂他從未戴過的鴨舌帽，還把帽子拉下遮住了額頭。他手上提了一個公事包，臉上的表情看起來像是裡面裝了炸藥。他臉色蒼白。「我看起來，」他問，「形跡可疑嗎？」「不會。」我不在乎地說，儘管一個在好幾英里以外的小孩都看得出來他不太對勁。他出門以後，我繼續翻著電話簿，坐立不安。然而，要以這種方式找到一個願意幫人墮胎的醫生，根本就是大海撈針，於是，經過幾天的嘗試以後，我放棄了。漸漸地，我開始和時間賽跑，因為我知道只要孕期過了三個月，就不會有任何醫生願意執行手術。傍晚時分，也很難和莉絲單獨相處，因為她下班後總要和她的律師情人在一起，她也認為不必再去詢問奧勒，因為他對墮胎的態度和艾博一樣。我已經把男人徹底推出我的世界之外。他們是來自另一個星球的生物。他們從未對自己的身體有任何感覺。他們沒有敏感、柔軟的器官，而一抹黏液可以像腫瘤一樣鞏固地生長在裡面，完全違抗他們的意願，獨立長成一個生命。某個夜裡，我到娜特雅父親家裡，向他詢問娜特雅和她的水手的地址。他們住在奧斯特布羅（Østerbro）一間公寓的地下樓，我馬上出發去了那裡。他們坐在桌旁吃飯，娜特雅好客地問我是否要一起吃。但是，一切食物的味道都讓我感到噁心，事實上近來幾乎也沒什麼食慾。娜特雅剪了短髮，走路的步伐搖擺不定，彷彿走在甲板上似的。水手名叫埃納爾（Einar），他一直重複著同樣的句子：「這就對了，就應該這樣做。」娜特雅也以這種方式說話。她聽了我來訪的目的後，說會幫我取得一些奎寧丸。她自己曾經用奎寧丸墮過一次胎。但是可能會需要好幾天才能完全處理乾淨，這並不容易。「我可以理解，」她說，回憶起自己的經驗。「眼看著肚子裡的生命長出了眼睛和手指腳趾，自己卻無能為力，那種感覺真讓人怨恨。看著別人的孩子也無法得到什麼寬慰。妳什麼都無法思考，只希望能徹底擁有自己的身體。」

帶著稍微放鬆的心情，我告訴莉絲，娜特雅答應會幫我取得奎寧丸，但是莉絲的反應並不那麼熱切。「我曾經聽說，」她說。「這些藥丸會導致失明和耳聾。」我坦白地告訴她，我完全不在乎，只要能將一切處理掉。

我們等候的那個女孩終於回到辦公室了，莉絲向她要了曾經幫過她的那位醫生的診所地址。當我手裡拿著紙條回到家，長久以來，第一次感到高興。醫生姓勞利甄（Lauritzen），住在韋斯特布羅街。他被稱為「流產老勞」（Abort-Lauritz），應該相當可靠。我再次看了艾博和赫樂一眼。我把赫樂抱在腿上陪她玩，並對艾博說：「當你和亞爾瑪見面時，不要戴鴨舌帽，拿著公事包的時候也要假裝裡面裝的是教科書就好。你實在不適合做這種事。」但是他安慰我說，他並沒有參與任何破壞活動，德國人會逮捕他的機率相當低。「明天的這個時候，」我說，「我會比此生任何時候都更快樂。」

隔天，我穿上向辛娜買的那件加了厚內襯的棉亞麻混紡粗布外套，因為天氣已經漸漸涼了。辛娜用家裡給她的一些羽絨被，自己縫製了這件外套，可是當每個人開始穿上同款外套，她卻厭倦了。我在外套底下穿了件長褲，騎著腳踏車到韋斯特布羅街，廣場已經掛上用松針環和紅絲帶做成的聖誕裝飾了。我被提醒過，不要說出目的及從何處要來地址。候診室裡有很多人，大多數是女性。一個穿著皮草的女人絞著雙手踱步，她用手拍了拍一個小女孩的頭，態度看起來彷彿這是她的手不受控而做出的動作，同時持續地踱步。忽然之間，她走向一個年輕的女孩。「能不能讓我插個隊呢？」她說。「我好痛啊。」「沒問題。」女孩大方地說，而當看診室的門打開，有人高喊「下一位」時，女人便衝進去用力把門摔上。片刻後，她重新出現，彷彿變了個人似的，眼睛發亮，臉頰泛紅，嘴角掛著怪異且遙不可及的微笑。她把窗簾微微拉開，望著大街。「真是愉快啊，」她說，「看著這些聖誕裝飾，我很期待聖誕節的到來呢！」我好奇地看著她，對醫生的敬佩逐漸增加。如果他能在短短幾分鐘內改變這樣一個焦躁不安的人，難免讓人對他充滿希望。

「您有什麼問題呢？」他說，同時以他那雙疲憊但友善的眼睛看著我。他是個年紀較長、白髮蒼蒼的男人，外表看起來有種難以形容的邋遢。他的桌上放著一片香腸三明治，麵包的兩端微微向上捲。我告訴他，我懷孕了，但是我不想再要一個孩子。「這個嘛，」他說，摸了摸他的下巴，「很不幸地，我要讓您失望了。我已經不做這樣的事，因為我自己現在也是火燒屁股的狀態。」

我的失望是如此無邊無際且讓人無力，我把臉埋在雙手裡，痛哭失聲。「但是，」我抽搐著說，「您是我最後的希望了，我懷孕快三個月了。如果您不幫我，我只好自殺了。」「很多人都這樣說，」他溫和地說，忽然摘下了眼鏡，想把我看清楚。「您，」他接著說，「不是托芙．迪特萊弗森嗎？」我承認了，但是不知道這樣有什麼好處。「我讀了您最新的書，」他閒聊了起來，「我覺得那真是一本不錯的書。我自己也是老好韋斯特布羅男孩。如果您可以停止哭泣，」他緩緩地說，「或許我可以在您耳邊，小聲告訴您一個地址。」當他在紙上寫下一個名字和地址時，我幾乎感激得想擁抱他。「您跟他預約個時間吧，」他說，「他也不會多做什麼，僅僅在羊膜囊上刺一個洞。如果您開始流血，您得打電話給我，我會馬上讓您在我的診所留院治療。」「如果沒有流血呢？」我問，重新被另一種焦慮包圍，因為整件事比我想像中更複雜。「那就不太妙了，」他說，「但是，一般都會流血的。您先別杞人憂天。」

回到家以後，我跟艾博商量這件事，他急切地請我打消念頭。「不行，」我激烈地說，「我寧願死。」他焦慮地走來走去，同時望著天花板，彷彿可以在那裡找到強而有力的理由。我撥了電話給這位住在夏洛滕隆（Charlottenlund）的醫生。「明天傍晚六點，」他以一種暴躁無音調的聲音說，「直接進來吧，門不會上鎖。您必須帶三百克朗過來。」我告訴艾博，要他別那麼害怕。「如果我發生什麼事，醫生也會出事的，因此他肯定會非常小心。當這一切結束以後，」我說，「一切都會恢復正常的，艾博。」這也是我如此焦急地想解決事情的原因。

10

我搭了電車到夏洛滕隆，我不想騎腳踏車，因為不知道結束後的狀況如何。那是聖誕夜的前兩天，人人都被光鮮亮麗的聖誕禮物包裝紙所淹沒。或許這一切在聖誕夜就會結束，我們就可以再次到我父母家慶祝聖誕。那將會是我此生最好的聖誕節。我坐在一個德國士兵旁邊。一個提著包裹的胖女人非常高調地站起身，移去了對面的位置。我覺得這個士兵很可憐，他家裡應該也有妻子和孩子，如果可以，他肯定寧願和他們在一起，勝過在一個他的領導人下令占領的陌生國度裡遊蕩。艾博留在家裡，比我更害怕。他買了個手電筒給我，以便我在黑暗中能找到門牌號碼。我們翻了書想找出羊膜囊究竟是什麼。「羊膜囊被刺穿以後，羊水就會破，就會開始生產了。」書上這樣寫著，但現在卻應該流血，而不是水，我們還是什麼也沒弄懂。

醫生站在門口等著我，一個沒有燈罩的燈泡，掛在天花板的鉤子上，搖晃不定。他看起來有點緊張和躁鬱。「錢。」他簡短地說，並把手伸出來。我把錢給了他，他點頭示意我走進看診室。他年約半百，矮小、乾癟，他的嘴角下垂，彷彿從來不曾微笑過。「上去吧。」他簡短地說，並用手拍了拍內診檢查床，床上有支撐雙腳的支架。我躺下，驚恐地看著一旁的桌子，上面擺著一排閃閃發光、尖銳的工具。「會痛嗎？」我問。「一點，」他說，「但是，只是一下子。」他以一種電報式的音調說話，彷彿想避免過度使用聲帶。我閉上眼睛，一陣劇痛穿透我的身體，但我沒有發出任何聲響。「結束了，」他說，「如果妳的經期又來了，或是發燒，請撥電話給勞利甄醫生。不要去醫院。也不要透露我的名字。」

我搭電車回家，初次感到害怕。為什麼整件事如此神祕複雜？為何他不直接從我體內取出來？我內心深處猶如在教堂一樣平靜，沒有任何徵兆，一個殘忍的工具就此穿透了一片原該保護那個小小生命的薄膜，即便那是違抗我意願而活的生命。艾博在家裡餵著赫樂。他臉色蒼白，非常緊張，我把結果告訴他。「妳不該去的，」他不斷地說，「妳是在危害自己的性命，這是不對的。」我們躺了一整晚，無法入睡。沒有經血、羊水，我也沒有發燒，沒有人可以告訴我，究竟會發生什麼事。然後，空襲警報響起。我們把赫樂連人帶床扛到防空洞裡，她一路都在沉睡。那裡的人們半夢半醒地坐著。我和住在樓下的女人稍微聊了一下，她不斷地往她那昏昏欲睡、焦躁的孩子嘴裡塞餅乾。那裡有一個五官看起來軟弱且不成熟的少女，或許她也曾經拿掉過一個孩子；即便沒有，未來也或許會。或許，很多女人都經歷過我所經歷的事，但是沒有人會說出來。夏洛滕隆那位醫生的名字，我也不打算告訴艾博，這樣如果我出事了也不會連累他。他在最後關頭幫助了我，我在內心會和他站在同一陣線，儘管他是一個讓人不太舒服的男士。

我們坐在防空洞的時候，我感到寒冷，於是把棉亞麻混紡粗布外套一路扣到脖子上。我很冷，牙齒在嘴裡顫抖著。「我想我應該是發燒了。」我對艾博說。空襲警報解除，我們回到公寓裡。我量了量體溫，體溫計顯示四十度。艾博很慌張。打電話給醫生，他急切地說：「妳必須馬上入院。」高燒讓我有一種喝醉的感覺。「不是現在，」我大笑，「現在可是大半夜呢。這樣他的老婆和孩子就會知道了。」我睡著前看到的最後景象，是艾博不斷來回踱步，像個瘋子似的用手指纏繞著他的頭髮。「上帝保祐，」他絕望地喃喃自語，「上帝保祐。」那時，我只想著，那個亞爾瑪，他也一樣危害到了你的生命啊。

隔天一大早，我撥了電話給勞利甄醫生，告訴他，我的體溫現在是四十點五度，但是既沒有破水也沒有經血。「會有的，」他友善地說，「您現在立即來診所，我會打電話通知他們。但是一個字也別對護士說，知道嗎？您懷孕了，然後發燒了，就這樣。請不要害怕，一切都會沒事的。」

那是位於克里斯蒂安九世街（Christian den Niendes Gade）上一間不錯的診所。由護士長接待我，她是一位年紀較長的女士，慈祥，散發著母性氣質。「很有可能，」她說，「我們救不了小孩，但是我們一定會盡力而為。」她的話讓我非常絕望。我走進一間雙人診間，用手肘支撐著坐上床，然後仔細觀察另一張床上的女人，她大約比我年長五、六歲，穿著一件白色襯衫，有一張甜美的臉。她名叫圖蒂（Tutti），讓我驚訝的是，她是莫登·尼爾森的女朋友。原來她懷了他的孩子。她是個建築師，離了婚，有個六歲的女兒。不過是短短一小時的時間，我們彷彿已經彼此認識了一輩子。在房間的正中央立著一棵小小的聖誕樹，樹上掛著閃閃發光的玻璃掛飾，樹頂有一顆星。在這種情況下，這棵樹便顯得荒謬了。發燒讓我感覺意識模糊，我對圖蒂說，小時候，我以為星星是有六個角的。有人開了燈，一個護士拿了兩個托盤進來給我們。我還是受不了看到和聞到食物的氣味，所以我碰也沒碰。「流血了嗎？」護士問。「沒有。」我說。於是她把一個桶子和幾片衛生棉放在床邊，以免我在夜裡有不時之需。上帝啊，我焦慮地想，就給我那麼一滴血吧。當托盤被拿走的時候，艾博來了，接著莫登也出現了。「妳好，」他驚訝地說，「妳怎麼會在這啊？」接著，他坐在圖蒂床上，然後便消失在彼此的耳語與擁抱裡。艾博帶來了二十顆奎寧丸，那是娜特雅讓他帶過來的。他離開後，我告訴圖蒂，娜特雅曾經用奎寧丸墮胎，所以她覺得我應該也能試試無妨。於是我就把藥丸給吞了。晚班的護士走進來，關了天花板的燈，開了夜燈，藍色的光芒以一種虛幻、幽靈般的光線照著房間。我無法入眠，但是當我和圖蒂說話時，我忽然聽不見自己的聲音。我提高聲調，還是什麼也聽不見。「圖蒂，」我恐懼地大喊，「我聾了。」我看見圖蒂的雙唇在動，但是聽不見她的聲音。「大聲一點。」我請求她。於是她大吼：「妳不必如此大喊，我沒有聾。」是那些藥丸的副作用，我想這會過去的。

我耳邊有嗡嗡的聲響，而在嗡嗡聲後，是柔軟的無可逃離的寂靜。或許我這輩子都不會再聽見任何聲音了，而這一切終究都是徒勞，因為我還是沒有流血。圖蒂下了床，走到我耳邊，大吼說：「他們就是想看到血。我把我用過的衛生棉放在妳的桶子裡，明天早上給他們看吧。這樣醫生就會幫妳進行刮宮手術。」「大聲一點！」我絕望地嘶喊，最後終於聽見她說了什麼。到了夜裡，她把換下來的衛生棉放入我床邊的桶子裡。當她經過聖誕樹時，樹上的玻璃裝飾互相撞擊，我知道它們鏗鏘作響，但是我什麼也聽不到。我想起艾博和莫登，和他們身處在女人世界的血和噁心、發燒之中，臉上那種淒涼悲傷的表情。我也想起童年時的聖誕節，我們如何圍繞著聖誕樹唱著：「發自內心深處——」我們是不唱讚美詩的。我想起母親和她那可怕的琥珀油。她不知道我躺在這裡，我沒告訴她，因為她總是無法保守祕密。我也想著父親，他一直都有聽力障礙，那是家族遺傳。聾子們大概都生活在一個完全封閉和隔離的世界吧。或許我也將開始需要助聽器。然而，相較於圖蒂的善舉，我失去的聽力不算什麼。「他們知道發生了什麼事，」她對著我的耳朵大吼，「他們都知道怎麼處理，只是他們必須假裝不知情。」

臨近早晨，我累極了，終於睡著，直到護士進來把我們叫醒。「哎呀，您流了不少血啊，」她看了看桶子裡滿滿的收穫，以一種虛偽的擔心大聲叫嚷，「現在我擔心這個孩子大約是保不住了。我得馬上打電話給主治醫生。」我鬆了一口氣，才發現我的聽力恢復正常了。「您是不是很難過呢？」護士問。「是有一點。」我撒了謊，並試著露出傷心的表情。

下午時間，主治醫生進來了，我被推上了手術檯。「您無需過於傷心，」他鼓勵著我，「非常幸運地，您已經有一個小孩了。」接著，他們把一個面罩套在我臉上，整個世界都充滿了乙醚的氣味。

當我再次醒來，我已經躺在床上，身上穿著一件乾淨的白袍。圖蒂對著我微笑。「好了，」她說，「妳開心嗎？」「是，」我說，「沒有妳，我該怎麼辦？」她也不知道，但是，她說現在也無所謂了。她告訴我，莫登會跟她結婚。她非常愛他，也非常仰慕他寫的詩，他的詩集剛剛出版，媒體一片讚揚。「除了妳之外，」她委婉地說，「他是目前最有才華的年輕人。」我也這樣認為，但是我從來沒有和他走得太親近。艾博帶了花給我，彷彿我剛生了小孩似的，他非常高興，因為這一切終於過去了。「未來，」他說，「我們必須更小心。」我也請「流產老勞」教我如何把避孕隔膜正確放好。但是，對於這個物件，我始終非常反感，這種反感此生都會追隨著我了。我的體溫馬上就恢復了正常，噁心的感覺彷彿被魔術棒一揮就消失了，我開始感到非常飢餓。我想念赫樂小小胖胖的身體，以及她關節處和膝蓋上那些小淺窪。當艾博把她交給我的時候，我驚恐地想，如果被我們拒絕的那一個生命是赫樂呢？我把她抱到床上，陪她玩了很久。此時此刻，她是我人生中最珍貴的寶貝。

傍晚時分，主治醫生走進我們的房間，他沒有穿白袍，手上牽著兩個小孩。他們大約十到十二歲左右。「聖誕節快樂。」他真誠地說，並和我們握手。孩子們也跟我們握手，他們離開以後，圖蒂說：「他們看起來很棒，我們應該感到高興，始終還是有人敢生孩子。」

聖誕夜，我醒著，從我的手袋裡找到了鉛筆和紙，在夜燈虛弱的光芒下，寫了一首詩：

致向過於驚恐和軟弱的我

而尋求庇護的你
在黑夜和白日之間
我為你哼一首搖籃曲——

做了這件事，我並不後悔，然而，在我內心深處黑暗的迷宮裡，依舊有著淺淺的痕跡，就如孩子們在潮濕的沙面留下的足跡一般。

11

日子一天天過去，幾個星期也過去了，然後幾個月過去了。我開始創作短篇小說，介於我和現實人生間的那層布幕終於再次緊密安全了。艾博開始認真上課，所以當他和亞爾瑪出去時，我也不再擔心了。他現在不太關注我寫了什麼，我也鬆了口氣，筆下的男性角色終於也可以鬆口氣了。但是經過穆爾瓦特一事以後，我也非常小心，避免筆下的角色和艾博有過於相似之處。晚上，赫樂睡著以後，他會讀索菲斯・克勞森（Sophus Clausen）[39]或里爾克（Rilke）[40]的詩給我聽。後者給我留下深刻印象，如果不是因為艾博，我永遠也不會留意到他。在這個時期，他也非常喜歡赫魯普（Hørup）[41]。他興奮地站在我們的小公寓裡，一隻腳擱在凳子上，手放在胸口，以一種低沉的嗓音讀著赫魯普：「我的手，會一直為了對抗那些我認為是最卑鄙的政治而舉起——那些把富人聯合起來，讓上流社會欺壓那些幾乎什麼都沒有的人，並持續把他們逼到一無所有的角落。」晚間，當我們躺在彼此懷裡，他會和我分享他那與其他男子相似的童年。總是有一個花園和幾棵果樹和一個彈弓，以及一個表妹或女朋友，陪他們躺在乾草堆上，直到母親或阿姨來把一切都搞砸為止。那是個非常沉悶的故事，特別是當你已經

39 譯注：一八六五年～一九三一年，丹麥作家，以新浪漫主義派詩歌聞名於世。

40 譯注：一八七五年～一九二六年，全名萊納・瑪利亞・里爾克（Rainer Maria Rilke），是一位重要的德語詩人，除了創作德語詩歌，也撰寫小說、劇本以及雜文和法語詩歌，書信集也是里爾克文學作品的重要部分。對十九世紀末的詩歌風格及歐洲頹廢派文學有深厚影響。

41 譯注：一八四一年～一九〇二年，全名維果・赫魯普（Viggo Hørup），丹麥政治家和記者，是丹麥非社會主義左翼政治家中最有影響力的人物之一。

聽了很多次之後，但是當他們述說著自己的故事時，總是會被自己深深感動。然而，無論如何，兩人間的對話是什麼其實也不太重要，最重要的是兩人能夠好好相處。

我們搬進了莉絲和奧勒住的那棟大樓底層的一間公寓。那間公寓約莫一間兩室另加半室大小，前面有個小小的院子，可以讓赫樂在那裡奔跑玩耍。她現在兩歲了，瀑布般的一頭金色捲髮忽然間取代了原本光禿禿的頭。她很好帶，莉絲說我們根本不知道養小孩究竟是怎麼一回事。上午時分，我在寫作的時候，我讓她玩積木和玩偶，她也學會了不打擾我。「媽媽在寫作，」她大聲地對她的玩偶說：「然後我們要一起去散步哦。」她已經很會說話了。我們搬進新公寓前幾天，漢森太太把我叫進廚房。

「納粹輔助警察（ＨＩＰＯ）[42]封鎖了街道，」她說，「妳看，他們在那裡點了篝火。」我稍稍把窗簾拉開，望著空蕩蕩的街。在街的另一頭，輔助警察們正開始把家具從一棟公寓大樓最上層的窗戶丟出來。他們把家具丟到篝火裡燒，而牆邊站著一個女人，她帶著兩個孩子，雙手伸在半空中，那些大聲吼叫指揮的男人們用衝鋒槍鎮壓了他們。「這些可憐的人們啊，」漢森太太同情地說，「幸好這該死的戰爭就快結束了。」我正要從窗前走開時，看見一個女人從角落賣力地往前奔跑，當我發現那是圖蒂時，我嚇了一跳。一名輔助警察在她身後大吼並朝空中開了一槍，她消失在樓梯口。我打開門讓她進來，她撲倒在我身上大哭：「莫登死了。」她說，一開始，我完全沒聽懂她說的話。我把她拉到屋裡，讓她坐下，才發現她穿了兩隻不同的鞋子。「他怎麼死的？」我問：「這

42 譯注：HIPO，德文Hilfspolizei的簡稱，意為「輔助警察」。丹麥的輔助警察部隊由德國蓋世太保於一九四四年成立，大部分的HIPO成員都是從丹麥納粹支持者的隊伍中招募。

是真的嗎？我幾天前才剛和他見面啊！」圖蒂哭著說：「是流彈，他的死毫無意義，讓人無法接受。他坐在一名軍官對面，對方要教他使用一把裝了滅音器的手槍。忽然之間擦槍走火，子彈剛好就射中了莫登的心臟。他才二十二歲，」圖蒂無助地看著我，「我真的很愛他，我不知道怎麼樣才能熬過去。」我彷彿看見了莫登稜角分明、誠懇的那張臉，想起他的詩句「我從小就知道死亡」。「這感覺真有點弔詭，」我說，「他寫了那麼多有關死亡的詩句。」「是的，」圖蒂彷彿平靜了一些，「彷彿知道，他不會活得太長久。」

過了沒有多久，艾絲特和哈夫丹也來了，他們都非常震驚。我知道哈夫丹和莫登的感情非常好。然而我最關心的是，同樣的事也可能發生在艾博身上，忽然間，他和亞爾瑪的會面，對我而言變成一件非常嚴重的事，在能重新見到他之前，我都會充滿焦慮。我們搬進了新的公寓，所以即便在宵禁時段內也能見到莉絲和奧勒了。

奧勒在一次所有大學生每年都必須進行的肺結核檢查時，發現了他「胸裡長了什麼」，奧勒是這樣說的，如果沒有這個問題，奧勒說他也會去接受自由戰士的訓練。醫生要他必須到霍爾特（Holte）一間專門讓罹患肺結核病的大學生居住的宿舍暫住幾個月，對於這次的分離，莉絲並不感到難過，因為這樣一來，她就暫時不必處理離婚事宜，可以安心和她的律師情人培養感情。

接著，我們迎來了五月五日（Befrielsesdagen）[43]，歡呼的人們彷彿是從地磚裡冒出來似的，在大街小巷高聲呼喊。他們擁抱著陌生人，唱著自由之歌，在每一個自由戰士的車子經過時高聲歡呼。艾博穿著一身制服，我對於他的命運卻是憂心忡忡，因為沒有人知

43 譯注：這天是丹麥的升旗日之一，起因是為了紀念一九四五年五月五日，脫離納粹。在歐洲俗稱「歐戰勝利紀念日」，在二次大戰中勝利和曾受納粹占領襲擊的國家，會以不同方式紀念二次世界大戰歐洲戰爭的結束。

道德國是不是真的會就此投降。在莉絲和奧勒的公寓裡，普利穆特酒瓶被擺上桌，公寓裡聚滿許多我不認識的人。我們跳舞、歡呼和享受著這一切，然而這一個世界歷史事件並沒有真正滲透到我的意識裡，因為我總是以一種遲緩的速度體驗世界，很少在當下就能明白。我們把遮光窗簾扯下，丟在地上踩成碎片。我們表現得十分快樂，但事實上並不是。圖蒂依舊哀悼著莫登的死，莉絲與奧勒即將分手，而辛娜離開了阿爾納，他為此意志消沉，沒日沒夜地躺在床上。至於經常都在尋找男人而又總是愛上錯的人的娜特雅，嘗試追求艾博的哥哥卡爾斯登，她認為自己就如他鼻上的鼻環一樣適合他。我自己則不時想起墮胎的事，想著如果生下孩子，現在該會有多大了。我們每個人都經歷過一些不幸的事，而我覺得，我們的青春在國家被占領的時候就結束了。赫樂和金姆在房裡睡覺，當我們過於喧鬧而把孩子們吵哭了的時候，莉絲會進去唱搖籃曲給他們聽，直到他們再次入睡。屋外，春夜逐漸流逝，懸掛天空的皎月悲傷地端詳著耗盡力氣、疲憊不堪的人們，如何無力地面對告別和返家。

幾天過後，艾博面色蒼白、沮喪地回到家，說他不想再繼續參與了。他告訴我，揭密者和賣國賊如何在達格瑪大樓（Dagmarhus）被對付。他脫下制服，換上平民服裝。當我用嬰兒車推著赫樂在韋斯特布羅廣場散步時，我看見一群手無寸鐵的德國士兵們，臉上帶著疲憊與絕望的神情，腳步蹣跚地走在路上。他們都相當年輕，有些也才不過十五、六歲。回到家後，我為他們寫了一首詩，開頭這樣寫：

疲憊的德國士兵啊
走在陌生的城市
額頭上映著春光

無視於彼此的存在
疲憊，猶豫，畏縮
在陌生城市的中心
他們步向失敗

一天，莉絲下樓來告訴我們，奧勒將要邀請一群女生到魯德海（Rudershøj）學生宿舍參加一個「肺結核舞會」。艾博因為自己沒有被邀請而感到有點生氣，但這是因為要出席的男生真的太多了，而對我來說，這邀請來得正是時候，因為我剛剛完成了我的短篇小說集，不寫作的時候，我也不知道該做些什麼。莉絲說，女舍監的兒子會負責讓他的母親早點就寢。

當我們抵達時，派對已經開始了。現場有一個當地的樂隊在演奏，有人跟著音樂起舞，沒有一個大學生看起來比奧勒更像肺結核患者，而奧勒看起來根本就是健康極了。一名大胸脯的女人匆匆前來歡迎我們。很顯然的，她就是女舍監本人。我在一個鋪著拼花地板、寬敞整潔的大廳裡，和許多人一起跳舞，許多高背椅沿著大廳牆面一字排開。宿舍大樓位於一個大公園裡。那個晚上，朦朧的月光在雲層後若隱若現，把被雨霧籠罩的公園映照出或綠或黑或銀色的光輝。在一處類似前廳的角落，設置了一個吧台和高腳椅，甚至還有普利穆特水果酒外的真正酒精飲料。不知道為什麼，我感到快樂與自由，並且有一種隱約的感覺，在夜晚結束以前，有什麼事將會發生。我喝著威士忌，非常快樂，興致高昂。在一張高腳椅上，辛娜坐上一個年輕男人的長腿。我坐在他們旁邊，很沒道義地說：「你騎錯馬了。她的未婚夫是一名黑市商人。」年輕人笑著把辛娜從他腿上推下去，彷彿她不過是一把塵土。「我從來沒想過，」他對我說，「女詩人也會長得那麼漂亮。」忽然間，他的臉孔從燈罩的暗影裡浮現，我的視線被捕捉了，像是專注微縮模型的畫家般凝視著他。他有一頭薄而細的紅髮，平靜的綠色眼睛及參差不齊的牙齒，乍看之下，會以為他長了前後兩排的牙。原來他就是女舍監的兒子，已經大學畢業了，是一名醫生。我很驚訝，能遇見一位真正成功畢業了的大學生。他和我跳舞，我們互相踩到彼此的腳趾，最後不得不笑著放棄。接著，我們到公園裡散步。夜晚逐漸亮了起來，空氣彷彿是一片潮濕的絲綢。他在一棵銀灰色的白樺樹下吻我，忽然間，他的母親揮動著雙臂，胸脯上的紫色絲綢波浪般地舞動，衝到我們跟前。「你們現在這些年輕人啊。」她喘著氣說。她的想法大都以一種情感豐富卻又讓人似懂非懂的方式表達出來。然後，她的兒子，卡爾（Carl），想起他答應過其他大學生要讓他母親早點就寢，喃喃對我說了聲回頭見，便和她一起消失在屋內。

接著，派對就更加狂放恣意。他們跳舞、喝酒，享受著這一切，一對接一對的男女消失在樓梯，沒有再出現。我很久沒有喝得那麼醉了，於是當卡爾提議我們去他的房間時，我覺得這真是一個不錯的主意。忘了艾博，忘了我永遠不會對他不忠的承諾。隔天早上，我帶著劇烈的頭痛醒來。我看著躺在身邊的男人，才發現他有多麼醜陋，他的牙齒糟到下顎幾乎也無法隱藏住。我把他叫醒，告訴他，我要回家。我非常生氣且無力，穿好衣服，一句話也沒有對他說。我決定從此不會再見他，當他問我要不要送我回家時，我謝絕了。我只想獨自回家。當我走到樓下那凌亂不堪的大廳，我在高腳椅上坐了一會兒。辛娜尾隨著一位非常高大的年輕人走下樓梯，年輕人的一隻手上拿著她的胸罩。她丟下他不理，走過來對我說：「老天，我們喝了什麼啊？他太可怕了，兩百公分，而且搞不好只有一個肺吧。」接著她一把抓過胸罩，打了個呵欠，便消失了。

我離開戰場，騎踏腳車回家。艾博非常憤怒，因為我徹夜未歸。「妳和某個人睡過了吧。」他說。我堅持說沒有，但在某種程度上，我覺得有點荒謬，因為這實在沒什麼。另一種形式的忠貞才是更重要的。晚上入睡前，我想起自己沒有戴上避孕隔膜。自從上次墮胎後，我一直非常小心。然後我又想，如果真的出事了，對方至少還是個醫生，應該比上一次容易處理。

12

「我的天啊，」我說，「他下顎咬合不正，別人有三十二顆牙齒，他大概有六十四顆吧。我不知道孩子究竟是他的還是艾博的。莉絲，我該怎麼辦？」

我在地板上走來走去，莉絲看著我，額頭上皺著兩道深深的紋。「妳就算走個路也會懷孕吧，」她嘆了一口氣說，「既然他是醫生，他應該可以讓妳避免再去經歷上回那些痛苦，幫妳直接處理掉吧。」「但是，那我還得再見他一面，」我絕望地說。「我覺得他很可怕，我該怎麼對艾博說？我們從未像現在這樣穩定美好。」莉絲充滿耐性地向我解釋，有必要再見他一面，要我務必打電話給他母親詢問他的住處。至於艾博，我可以隨便編派一個理由說跟娜特雅或艾絲特有約，或是要探望父母。他一點都沒有起疑。我們一起喝咖啡，莉絲告訴我說她自己也過得不太好。她的律師情人還是決定不離婚了，但是也不願意跟她分手。「這太可怕了，」她說，「這些擁有兩個女人的男人們。雙方都承受著痛苦，男人們卻無法做出任何決定。」她把褐色短髮從臉頰拂開，看起來有點迷失，對於我自己總是向她傾訴自身的煩惱，我感到內疚。「當我不寫作的時候，」我說，「我就懷孕了。」我們笑了起來，也贊同我必須做些什麼。我決定要拿到他的地址，找到他，然後請他幫我處理這一切。

隔天，卡爾打電話給我，問我是不是能再見面。「可以。」我說，然後約好了隔天傍晚去他的住處。他住在生物化學研究所，那裡也是他工作的地方。他是科學家。我對艾博說要去娜特雅家，然後騎著車，在黃昏時分沿北街（Nørre Allé）騎去，那裡的樹木恍若在畫中般靜止不動。那是夏日，我穿著向辛娜買來的白色帆布連身裙。卡爾的房間像是學生宿舍：一張床、一張桌子、兩張椅子以及幾個書架，上頭放滿了書。他買了三明治和啤酒和阿夸威特酒（snaps）[44]，我什麼都沒碰。我們在桌旁坐下，我說：「我懷孕了，但是我不要這個孩子，我不知道孩子的父親是誰。」「嗯，」他平靜地說，同時用他那雙嚴肅的灰色眼睛看著我，那是他唯一好看的地方，「我會幫妳的。明天晚上妳過來這裡，我幫妳進行刮宮流產。」他說得好像這是他的日常工作之一，他看來就像是世上沒有任何事情會干擾他的那種人。我鬆了口氣，微笑地說：

44 譯注：丹麥語亦稱Akvavit，是生產於斯堪地那維亞地區的一種加味蒸餾酒，酒精濃度約有百分之四十。

「你能幫我麻醉嗎？」「我會幫妳打一針，」他說，「妳不會有任何感覺的。」「打針？」我問，「打什麼針？」「嗎啡或杜冷丁（pethidene）[45]，」他說，「後者是最好的。很多人用了嗎啡會嘔吐。」我放下心來，和他一起吃了點東西。生理期只過了八天，因此還沒開始孕吐。卡爾的手，小巧而敏捷，有一點像維果．F的手。他的聲線很美，說話用詞讓人感到舒服。他告訴我，他曾經上過赫魯夫斯霍爾姆（Herlufsholm）寄宿學校，母親在他兩歲那年離了婚，他從有記憶以來都希望母親能夠再婚。他也告訴我，他父親自從他有記憶以來都住在酗酒者之家，但是自從父親丟下他們以後，他一直沒跟父親有任何聯繫。他也說，自從我們上次見過面以後，他閱讀了我的作品，他面帶微笑說，「我們肯定能生下一個不錯的孩子。」他說，他會和我結婚。「但是我有一個不錯的丈夫，」我說，「還有一個非常可愛的女兒，所以，這事還是等等再說吧。」「是啊，」他搓了搓下巴，彷彿在檢查自己是否有鬍渣，「和我結婚也不是什麼好主意。我必須告訴妳，我其實不太正常。」他說得非常嚴肅，於是我追問他是什麼意思。但是他無法向我解釋，他說這只是他心裡的一種感覺。他的家族內有很多精神病患者，他母親的腦子也不太清楚。我大笑，沒有再多想。當我要離開的時候，他溫柔地吻了我，但是並沒有企圖把我弄上床。「我想，我愛上妳了，」他說，「但是這大概也於事無補吧。」

當我回到家，艾博正抽著菸斗讀特格・拉森（Thøger Larsen）[46]的詩，他買菸斗是因為讀到關於香菸致癌的文章。他不想太早

45 編注：為白色結晶狀的粉末，能溶於水，一般製成針劑形式的止痛劑，常見於麻醉藥用途，具成癮性。

46 譯注：一八七五年～一九二八年，丹麥詩人、翻譯、畫家，尤以詩作聞名，是丹麥民族文化遺產重要的一部分。

死，丟下我和赫樂。他問我娜特雅的近況，我據實以告，說娜特雅和一名來自哥本哈根大學的學生訂了婚，並且發表了最反動的觀點，彷彿身處菲德烈克六世（Frederik VI）[47]前的時代那樣。他開玩笑地說她應該結婚生子的。「我們只會變老。」他說，並在菸灰缸上清空菸斗裡的灰。他今年二十七歲，我二十五。「當我想起我的童年，」他說，「我和特格．拉森有同樣的情懷。妳聽聽。」他讀著：

倘若你遇見一道枯萎的光，你應該慶幸
在你年少的春天夢境裡。
恩典之光。你的父親就在身邊。
而你的母親在廚房裡。

「我的母親，」我抗議，「超過五十歲了，但是我並不覺得她很老。」「我的母親六十五歲了，」他說，「我從沒見過她年輕時的模樣。這是有差別的。」每次他提起自己有多老，我都沒辦法理解他的心態，加上我對他有所隱瞞，更增加了彼此間的距離。上床睡覺時，我對他說我很累，想直接睡了。「明天，」我說，「我想去看看艾絲特和哈夫丹。」他說要跟我一起去，我反對道：「我們總不能一直讓莉絲照顧赫樂。」他的母親又不太願意幫我們照顧孩子。但是我答應他會早點回家。

隔天傍晚，我搭電車前往卡爾的住處，我告訴自己，或許我沒有懷孕，可能只是經期不順而已，許多女人都有這種經驗。我

47 譯注：菲德烈克六世，一八〇八年～一八三九年間的丹麥國王，於一七八四年～一八〇八年間以其父之名攝政。

這樣想是因為不希望在赫樂身邊再突然出現陰影——一個我會常去算現在該有多大歲數的影子。我知道，有些女人去做人工流產，只是為了清除內心某個部分。當我來到卡爾的住處，我發現公寓裡多了一張高腳桌。桌子放置在房間中央，在上面鋪了白色的床單。他也把自己的枕頭放在桌上，好讓我躺得舒服一點。他穿了一件白色長袍，正在洗手，用力地刷著指甲，同時友善地請我躺上去。在桌旁的書架上，擺放了一些閃亮亮的工具。當他洗好手以後，從洗手檯上的玻璃架取下一個針筒。針筒裡面裝滿了透明的液體。他把針筒放在工具旁，接著在我上手臂用橡皮軟管打了個結。「我幫妳打一針，」他平靜地說，「可能會有些刺痛。」他輕輕拍打我的手臂內側，直到一個青色血管逐漸清晰起來。「妳的血管很不錯。」他說，然後開始注射。當針管內的液體消失在我的手臂裡，一種前所未有的喜悅，貫穿了我的全身。房間擴大成一個輝煌的大廳，我感到一股徹底的輕鬆、慵懶和快樂。我轉過身，閉上眼睛。「讓我一個人靜一靜，」我聽見自己的聲音，彷彿隔著一層層的棉絮傳來。「你什麼也不必做了。」

當我醒來時，卡爾又在洗手。我的喜悅感依然存在，我有種感覺，只要移動身體，這種喜悅感就會消失。「妳可以站起來，把衣服穿上了。」卡爾擦乾雙手說，「結束了。」我照著他的話做，沒有告訴他，自己是如此快樂。他問我要不要喝杯啤酒。我搖了搖頭。他又說我需要補充水分，給了我一瓶汽水。我強迫自己喝下。他坐在床邊小心翼翼地吻我。「難受嗎？」他問。「不會，」我說，「你幫我注射了什麼？」「杜冷丁，」他說，「那是種止痛藥。」我牽起他的手，放在我的臉頰上。「我愛上你了，」我說，「我很快會再來。」他看起來很快樂，在這一瞬間，我覺得他幾乎是俊美的。他的臉看來堅毅牢靠，彷彿一生都將如此。艾博的臉很脆弱，且傷痕累累，彷彿在他未滿四十歲前就會消耗殆盡。這個想法很奇怪，我不知如何表達。「等我下次來的時候，」我緩慢地說，「你可以再幫我打一針嗎？」他大聲地笑了起來，並擦了擦他凸出的下巴。「有何不可，」他說，「如果妳覺得很舒服。妳看起來也不像會成癮。」「我想跟你結婚，」我說，同時撫摸著他柔軟、又薄又細的頭髮。「那妳的丈夫呢？」他問。「我離開他就是了，」我說，「我會把赫樂帶走的。」坐在回家的電車裡，藥性逐漸消散了，我覺得眼前的一切彷彿都被一抹又灰又黏的紗所籠罩。杜冷丁，我心想，這名字聽起來真像鳥鳴。這個男人帶給我如此難以置信的歡樂，我下定決心，絕對不讓他離開我。

回到家後，艾博問起艾絲特和哈夫丹的近況，我只是簡單回答了他。他問我發生了什麼事，我說我牙痛。在床上，我翻身背對著他，感覺到手臂上打針處稍稍腫了起來。我一心只想著再次獲得那種快樂，除了卡爾以外，對艾博、對所有人，我根本完全都不在乎了。

第二部

1

艾博已經過世了，而每當我試著回想他的臉，總是只能想起那天我對他說愛上別人時，他臉上的表情。我們坐在桌旁和赫樂一起用餐。他放下刀叉，把盤子推開，臉色變得蒼白無比，一邊臉頰的神經明顯地在抽動，那也是他表現出來唯一的不安狀態。他隨即站起身，走到書架旁拿起菸斗，小心翼翼地填滿菸草。然後，他來回走動、用力地敲打菸斗，同時盯著天花板，彷彿企圖在那裡找到解決的方法。「妳想離婚嗎？」他問，聲音單調而平靜。「我不知道，」我說，「或許赫樂和我可以先搬離這裡一段時間。或許我們會搬回來。」忽然間，他放下菸斗，把赫樂抱了起來——他極少這樣做。「爸爸難過。」赫樂說，並把她的臉頰貼上他的。「沒有，」他說，勉強自己微笑，「妳繼續吃吧。」他把她重新放回孩童高椅上，拿起菸斗，繼續來回踱步。然後，他說：「我不明白為什麼人們一定要結婚或同居。這樣一來，有生之年都要面對著同一個人，這也太不符合自然人情了。如果只是互相拜訪，我們之間的關係說不定會變得更好。那個男人是誰？」他說，但是卻連看也沒有看我一眼。「他是一名醫生，」我說，「我是在肺結核舞會遇見他的。」他重新坐下，我看見他額頭上都是汗水。他望著天花板，說：「妳認為，他能給妳人生的遠景嗎？」艾博沮喪的時候總是會說些蠢話。「我不知道你在說什麼，」我說，「遠景不是人們隨便就能給予的吧。」

我們躺在床上，他最後一次把我擁進懷裡，但是他感受到了我的疏離和僵硬。「是啊，」他說，「妳愛上別人了。這樣的事經常發生在別人身上，在我們的生活圈子裡也很普遍。然而，對我來說，這還是太不真實了。我被擊敗了，即便我沒有表現出來。這只是我的其中一個問題，我從來就不敢表達自己的感受。如果我讓妳知道我有多愛妳，今天就不會發生這種事了。」「艾博，」我說，伸手輕輕地摸著他的眼皮，「我們可以經常相互探望，或許你可以和卡爾見個面。說不定，我們三個人可以和諧共處。」「不行，」他忽然沉重地說，「我永遠都不想見到那個男人，我只見妳和赫樂。」我用手肘撐起身來，端詳著他柔和的臉孔。如果我告訴他真相呢？如果我告訴他，我愛上的是針筒裡透澈的液體，而不是擁有針筒的那個男人？但是我什麼也沒說，我永遠都不會把真相告訴任何人。就像我小時候那樣。甜美的祕密，總會在我告訴大人們後就被摧毀。於是我翻過身去，睡著了。隔天，我和赫樂就搬進了卡爾在夏洛滕隆幫我們找到的一間招待所裡。

§

那是一間給年老的單身婦女住的招待所。房間裡堆滿了鋪著花布的籐製家具，一張椅背繫著個枕頭的搖椅、一張一八八〇年代的高腳鐵床及一張小小的梳妝檯，當我把那台厚重的打字機放上去時，桌子幾乎要解體了。赫樂小小的嬰兒床在這個脆弱易碎的環境裡都顯得堅固牢靠，她自己看起來也是如此堅強。她把倒置的搖椅當船玩，搬進來第一天，便大口吸吮著擱在梳妝檯後一個醜陋的真人大小的耶穌雕像。她那時候正在補鈣。她刺耳的娃娃聲總能以一種充滿挑釁的強度穿透修道院般的寧靜。某天傍晚，一位老太太出現在房間門口，請我們安靜點。我不曉得我們究竟是如何被批准住進這裡的。隔天早上，當我開始使用打字機寫作時，整間招待所的人都在抗議，另一位年長的女性，招待所所長，來到我房裡詢問，我這個噪音是否真的有其必要。「這裡所有的住戶都是從人生退場的人，」她說，「即便她們的家人都把她們當作是已逝之人。沒有人來探望，她們的親人只等著時間到的那天來看看是否有留下遺產。」我專注地聆聽著她的話，仔細端詳眼前這一位老太太，因為我想留下來。我喜歡這個地方、這個房間，以及房間外的風景，那裡有兩棵楓樹，兩棵樹間掛著一個吊床，儘管已是三月，麻繩編織的吊床上依舊鋪蓋著一層白雪。老太太的臉帶著病容且柔和，有一雙溫柔的眼睛。她小心翼翼把赫樂抱在腿上，彷彿這個堅強的孩子在最輕柔的碰觸下也會被弄傷似的。我和她約定，下午一點至三點間不會使用打字機，因為那是老太太們的午睡時間。我也答應偶爾會拜訪其他的住戶，因為她們已經被自己的親人遺忘了。我喜歡和那尚未完全失聽，或者身處這個命運終點站卻未因此怨懟而變得尖酸苛薄的女士們在一起。當我晚上和卡爾約會時，總是有人願意幫我看顧赫樂。我經常這樣做。當他在工作的時候，我會躺在他的沙發上，雙手擱在腦後，縮起膝蓋看著他。房間週遭擺著很多木架，裡面放著許多燒瓶和試管。他嚐了嚐試管裡的物品，然後用舌頭舔他的唇，接著在一本大大的筆記本上做記錄。我問他在嚐什麼。「尿液。」他平靜地說。「什麼？」我脫口而出。他微笑地說：「尿液可是世界上最乾淨的東西啊。」他有一種小心翼翼卻略顯怪異的走路方式，彷彿是為了不想吵醒正在睡覺的人，而他的髮色在檯燈的照耀下，呈現出一種銅色的閃光。我最初去找他的頭三趟，他都會幫我打針，然後讓我頹廢地躺著做夢，完全不打擾我。但當我第四次去拜訪他時，他說：「不行，我們還是先暫停吧，這畢竟不是甘草糖。」我非常失望，眼淚在眼眶裡打轉。

艾博來探望赫樂和我的時候，幾乎都是醉醺醺的，他的臉龐茫然無助，我不忍直視。我坐著凝視兩棵楓樹被陽光微風勾動的樹枝在草地畫下移動的暗影圖案，我想，我根本不是任何男人應該娶的女人。艾博陪赫樂玩，她說：「爸爸真好。」赫樂不喜歡卡爾。過了很長一段時間之後，她才願意讓卡爾摸摸她。

我把短篇小說集交到出版社去了，而此刻的我一點兒也沒有寫作的動力。我幾乎一直在想著，我該如何讓卡爾給我杜冷丁。我記得他說過，那是一種止痛劑。我該說我哪裡疼呢？因為過去有一回中耳炎未妥善治療，我的其中一個耳朵偶爾會積液，某天，我躺在他的床上，看著他在房間裡走來走去，偶爾喃喃自語，偶爾和我搭話，我抓著耳朵說：「唉，我的耳朵好痛啊。」他走過來，坐在床邊，「很痛嗎？」他關心地問。我臉孔扭曲，彷彿痛苦萬分。「是啊，真叫人難以忍受啊，我的耳朵時不時會這樣痛一陣。」他把檯燈移過來，以便檢查我的耳朵。「裡面積滿了液體啊，」他嚇了一跳，「答應我，一定要去看耳科醫生。我會幫妳找個醫生。」他拍了拍我的臉頰說，「放輕鬆點，我現在幫妳打一針。」我充滿感激地對他微笑，針筒裡的液體進入了我的血液，把我提升到一個我只想活在那裡的空間。然後他和我上床，他總是在藥性發揮到最大作用的時候這樣做。他的擁抱短暫且粗暴，沒有前戲，沒有溫柔以待，而我則一點感覺也沒有。輕盈、柔軟、無憂無慮的思緒閃入我的腦海。我想起那些幾乎不再見面的朋友們，感覺溫馨，我幻想和他們聊天。妳怎麼可能愛上他？莉絲最近問過我這個問題。我回答，人們總是無法了解他人的愛情。我躺了幾個小時，藥效逐漸消失了，而我越來越覺得難以逗留在這樣一種赤裸及清醒的狀態。所有的一切變得灰暗、黏膩、醜陋且讓人難以忍受。我說再見的時候，卡爾問我，離婚手續什麼時候才會完成。「隨時。」我承諾他，而我想，等我和他結婚以後，我會比較容易說服他幫我打針。「妳想不想再生一個孩子？」他送我到樓下時，這樣問我。「嗯，當然。」我馬上說。因為一個孩子會把我跟他綁得更緊一點，而我只希望餘生都和他綑綁在一起。

2

離婚後，我獲得了我們之前的公寓，便和赫樂、卡爾搬了回去。艾博搬回他母親家，當他打電話邀請我的時候，我會去探望他。他不再踏入我們住過的公寓，害怕會見到卡爾。莉絲和奧勒，以及辛娜和阿爾納則見過卡爾；辛娜的黑市批發商坐牢了，所以她和阿爾納復合了。我和艾博在一起的時候，對於我們之間這種隨時互相拜訪的習慣感到相當愉快，但現在卻覺得非常厭煩。卡爾也很討厭這樣的狀況，因為他非常嫉妒我的朋友們。當他們來拜訪的時候，他總是坐在一旁，嘴上掛著羞澀且含蓄的微笑，卻幾乎不參與任何我們的談話。「他是不是有點怪？」一天，莉絲小心翼翼地問我。我不耐煩地向她解釋，那是因為他勤於工作，所以傍晚時分便非常疲倦。「那妳呢？」她繼續說，「自從認識他以來，妳也變了不少。妳瘦了很多，看起來不太健康。」我生氣地對她說：「妳向來只喜歡鴻高中畢業的學生，不擅言辭交際或個性不夠外向的人，妳都覺得他們很奇怪。」我的話傷害了她，她有很長的一段時間都不再和我來往。

我和卡爾婚後不久的某個夜晚，阿爾納和辛娜邀請我們出席一場餐會。辛娜家裡從農場寄來了半隻豬，他們想舉辦一場派對，享受一番。卡爾說他不想出席，他覺得我也應該留在家裡。「當一個人的工作需要高度的專注力，」從來不曾透露真實感受的卡爾，以一種帶著歉意的語氣說，「就不適合擁有太多人際關係。」「他們是我的朋友，」我抗議，「我找不出任何拒絕餐會的原因。」「如果我幫妳打一針，」他柔和地說，「那妳願意留在家裡嗎？」「好，我願意。」我不知所措地說，第一次感到有點害怕。隔天早上，我感到糟透了，甚至無法起床為他泡咖啡。光線刺痛了我的眼睛，我幾乎無法張開自己乾燥、爆裂的嘴唇。我的皮膚也彷彿無法忍受床單和被套的觸感及重量，所有景物在我眼中都呈現出一種醜陋、堅硬且銳利的樣貌。我厭煩地把赫樂從我身上推開，她大哭了起來。「怎麼了？」卡爾問，「耳朵又痛了嗎？」「是啊……」我嗚咽，用手掩著耳朵。親愛的上帝啊，我絕望地想，請讓他再相信我這一次吧。別讓他沒幫我打針就去上班。「讓我看看。」他從衣櫃裡，把和刮宮器具放在同一個架上的檢耳鏡和一個小型電筒拿了出來，「看起來沒事啊，」他喃喃自語，「妳現在每個星期都會去找兩次耳科醫生，一切應該都在控制之內了啊。」當他檢查我的內耳時，我躺在那裡，眼也不眨一下地瞪大眼睛，好讓自己泛淚。「我真的很擔心，」他說，同時把針筒注滿，「如果再這樣下去，除了手術以外，再也沒有其他辦法了。我會和法爾伯・漢森（Falbe Hansen）討論看看。」他是卡爾替我找來的耳科醫生。「你為什麼用針刺媽媽，」赫樂問，她從未曾看過這種景象。「我在幫她接種白喉疫苗，妳也有接種疫苗啊。」「那應該是打在肩膀，」她質疑，「為什麼你打在手臂上呢？」「大人都打在手臂上。」他說，接著抽出針管。我鬆懈了下來，帶著一種疏離而又幸福的感覺，看著卡爾喝著他的咖啡，同時為赫樂盛好燕麥粥。我慵懶而快樂地和他說再見，然而在我混濁的腦海深處，憂慮和痛苦開始侵蝕我。手術！我的耳朵根本一點問題也沒有。但是我隨即又忘了這些，只是躺著並想像下一本要創作的小說。小說的書名將是《為了孩子》（*For barnets skyld*），我打著草稿。長長的、優美的、精簡的句子，浮現在我的意識裡。我躺在沙發上，望著我的打字機，卻連起身去拿的力氣也沒有。赫樂在我身上爬來爬去，最後自己把衣服穿好。我讓她去樓上找金姆，他們可以一起到花園裡去玩。當藥效消失以後，我爆哭起來，把被子拉到下巴，因為我冷得發抖，儘管已經是初夏。這太可怕了，我對著空氣說，我無法再忍受下去。這樣下去會怎樣？我費力地穿上衣服，因為我的雙手在顫抖，而每件衣服的布料都刮過我的肌膚，疼痛極了。我考慮著是否要打電話給卡爾，請他回來再幫我補打一針。每一秒對我而言都恍如一年那樣漫長，我覺得自己快撐不下去了。然後，我的肚子一陣劇痛，只好往廁所跑。是腹瀉，我幾乎每五分鐘就得上一次廁所。

幾個小時過去後，我覺得好了一些。我甚至還能坐到打字機前，開始書寫那本在腦海中糾纏我許久的小說。但是並不像從前那樣，能夠輕易流暢地書寫，我無法針對主題，集中思緒。我不斷地看著手錶，想著卡爾還有多久才會到家。

午餐時分，約翰（John）來訪。他是卡爾的朋友，研究肺結核醫學的學生，曾經在我婆婆工作的魯德海學生宿舍寄宿。我不喜歡他，因為每次他來拜訪我們的時候，總是坐在角落，不發一語，只是以他那雙X光似的大眼睛瞪著我看，彷彿我是一個天大的難題，他必須不顧一切把我解決掉。他和卡爾總是在我面前討論那些難以理解的科學問題，我從來沒有和他單獨相處過。「我有話要跟妳說，」他嚴肅地說，「妳現在有時間嗎？」我讓他進來，但是我心跳加速，心裡有一種奇怪、無名的恐懼。約翰坐在我書桌旁的椅子上，我則坐在沙發腳凳上。他坐下來後，看起來卻給人一種高個兒的錯覺，因為他有張很大的國字臉，肩膀寬闊，上身很長，微微向前傾著。但是，實際上，他的腿很短，站起來的時候一點也不高大。他和卡爾曾經是皇家學生宿舍

（Regensen）[48]的室友，也曾合作完成論文。他沉默不語，安靜地坐著，一雙大手互相摩擦，彷彿很冷似的。我低頭看著地上，因為無法面對他透視的眼神。然後，他開口說話：「我很擔心卡爾，又或許，也擔心妳。」「為什麼？」我警惕地說，「我們很好啊。」他向前傾，捕捉到我眼神中的猶疑，而我毫不屈服地看著他，卻也很害怕。「卡爾是否曾經告訴過妳，」他迫切地問，「他在一年前曾經入院治療的事？」「什麼治療？」我不安地問。「在精神病院，」他說，「精神錯亂。」「你要是會說丹麥語就好了，」我厭煩地說，「精神錯亂是什麼意思？」「一種短暫的精神疾病，」他說，重新把身體靠向椅背，「他患病三個月。」我強迫自己笑出聲來，「你不是要告訴我，他是一個瘋

48 譯注：哥本哈根大學和丹麥技術大學的學生宿舍，位於哥本哈根圓塔（Rundetårn）旁。

子吧？」我說，「瘋子會被關起來，人人都怕瘋子，但是我不怕他。」他那惱人的眼神放過了我，望向外面正在玩耍的孩子們。「有點不對勁，」他說，「我有預感，他又生病了。」我問他為什麼，他告訴我，卡爾最近完全忽略了他的工作，僅僅專注在研究耳疾。在學院裡，他的桌上堆滿有關耳朵結構和疾病的醫療書籍，他一頁頁仔細閱讀，認真學習的態度好像準備成為一名耳科醫生似的。「這太不正常了，」他鄭重地說，「妳只是偶爾覺得耳朵有點疼痛。一般人會把這種事交給耳科醫生，相信醫生會盡其所能幫助病人。」「但是他關心我啊，」我說，同時可以感覺自己雙頰泛紅，「他關心我，希望我早日康復，如此而已。」接著，我取笑他葬禮承辦人似的臉孔，「你是一個不錯的朋友，」我說，「你跑到他太太面前告訴她，他是一個瘋子。」「我沒有這樣說，」他猶豫地說，「我只是想告訴妳，他的三個姑姑都在精神病院。至少，別跟他有孩子。」當他這樣說的時候，我忽然想起，經期已經晚了好幾天。「你知道嗎，」我說，「我想，你的警告或許來得太晚了。我懷疑，我已經懷孕了。」這個想法讓我感到快樂，我問約翰想不想喝杯啤酒或咖啡，因為我實在不想再聽他說話了。但他什麼都不要，他還有課。我送他到門口，他和我握手道別，我的朋友們從來都不會這樣做。「我要在奧恩斯特魯普（Avnstrup）醫院住幾天，」他說，「我的其中一個肺功能衰退了。對我這種人來說，健康不是理所當然的事。」離開前，他再次猶豫了一下。「而妳，」他的口氣很像莉絲，「妳看起來也不太健康。妳平日都有吃飽嗎？」我確定地回答說有，當他終於離開之後，我才能再次放鬆呼吸。我決定，儘管他並沒有要求我這樣做，但是我不會告訴卡爾他今天來訪的事。

卡爾回家以後，我告訴他，我應該是懷孕了。他非常高興，馬上開始計畫，說想為我們在城外建一棟房子。我問他，我們是否負擔得起，他告訴我，他正在等待一筆為數不少的研究金，這幾天應該就會發下來。我們可以住在屬於自己的大房子裡，專注在我們的工作上，不必接觸太多人，也無需外出。我覺得這聽起來太完美了，因為我也開始覺得，我們需要安靜的生活，不被其他人打擾。當他問起我的耳朵，我說疼痛停止了。約翰的來訪讓我感到害怕。接著，我說：「我懷孕的時候總是睡不好。」我不知道為什麼我會這樣說。他想了一下，伸手摸摸他的下巴。「這樣吧，」他說，「我幫妳開一些水合氯醛（chloral），那是一種傳統的安眠藥，沒有任何副作用。味道非常糟，但是妳可以混著牛奶喝。」

隔天，他帶了一大罐棕色的藥瓶回家。「我還是幫妳倒吧，」他說，「不然妳很容易不小心倒太多。」我喝下藥幾分鐘之後，感覺很愉快，不像注射杜冷丁那樣，比較像是喝了太多酒。我不斷地說起我們的房子，說起如何布置，說起我們即將擁有的孩子。說著說著，我忽然就睡著了，一直到隔天早晨才醒過來。「我可以每天晚上都服用嗎？」我問。「當然可以，」他毫不在意地說，「這對人體無害的。」忽然，他想起了什麼似的。「讓我摸摸妳的耳後，」他說，接著在我的耳骨壓了壓。「痛嗎？」他問。「痛，」我說，我覺得欺騙他已經變成一種習慣，我完全沒辦法控制自己。他若有所思地咬了咬嘴唇。「我還是，」他說，「得和法爾伯．漢森討論一下幫妳動手術的事。」我問他會不會用杜冷丁做麻醉。「不，」他說，「但是，術後，只要能幫妳止痛，妳想要什麼藥都可以。」他離開後，我走進浴室，望著鏡子裡的自己許久。是真的，我看起來不太好。我的臉變得非常消瘦，我的皮膚很乾燥，觸摸起來非常粗糙。「我想知道，」我對著鏡子裡自己的倒影說，「我們之間，究竟誰才是瘋子。」然後，我坐在打字機前，這是我在這樣一個越來越虛幻的世界裡，唯一的希望。寫作的時候，我想：只要能得到無限量的杜冷丁，那個手術不過是讓我進入天堂的先決條件，根本不算什麼。

3

可是照過X光以後，耳科醫生並不願意為我動手術。卡爾騎著他剛買的摩托車載我一起過去。他穿著他的皮革外套站在法爾伯・漢森旁邊，那外套從他背後看起來像個鴨屁股似的。他手上拿著安全帽，瞪著醫生一張張對著燈光拿起來的X光片看。「看起來完全沒有不正常。」法爾伯・漢森說。我走到卡爾身邊，耳科醫生對著卡爾說話時卻一直看著我，灰色的眼睛裡透露著一種冷漠。「如果覺得疼痛，」他緩慢地說，「一定是因為風濕病引起的，我們也沒辦法改變什麼。這類疼痛通常會自己消失。」於是卡爾談起骨骼、錘子、砧骨、鐙骨等等天知道什麼東西，而我卻感覺土地在我腳下燃燒了起來，因為眼前這個男人知道我在說謊。法爾伯・漢森顯得更為冷漠了。「您不會找到任何醫生願意動這個手術，」他說，並走到他的辦公桌前坐下，臉上掛著心不在焉的表情，「耳朵完全健康。我已經清理乾淨，您的妻子再也不需要到我這裡來了。」

「不要難過，」當我們穿越醫院往回走的時候，卡爾溫柔地說，「如果疼痛繼續，我們一定會找到願意動手術的醫生。」或許這次會晤還是對他造成了影響，因為當我們回到家時，他說：「我會開張處方，讓妳服用一種叫保泰松（butalgin）的藥片。這是一種強烈的止痛藥，這樣一來，無論我是否在家，妳都得以舒緩疼痛。」他把處方寫在我的一張打字紙上，並且把紙的四邊剪得很整齊。接著他看著自己的傑作微笑說：「這看起來有點像偽造的，如果他們懷疑妳，妳可以把我在研究院的電話號碼給他們。」「偽造？」我問。「就好像是妳自己寫在紙上似的，」他大笑，「一個真正的癮君子就會這樣做。」他經常以「真正的癮君子」這種說法來和我做比較。然後，我忽然想起來自己確實曾經見過一個真正的癮君子。我告訴他，那天在「流產老勞」的候診室裡，有個女人沉重地來回踱步並要求插隊，但是，沒有多久，當她從看診室出來以後，就像完全變了一個人似的，多話而且很有精力，眼神晶亮。「是啊，」卡爾若有所思地說，「她可能是一個真正的癮君子。」當我獨自一人的時候，我認真地看了看那張藥方，心想，真的，看起來誰都能寫出這樣一張藥方。於是我走到藥房去領藥。回到家後，我馬上吞了兩片，想看看效用如何，或許能緩和我的孕吐。那是一個星期六的午後。莉絲提早下班，來我家接金姆，他幾乎每天都在這裡陪赫樂玩。自從那天她問我卡爾是不是有點怪之後，我們之間的關係變得很冷淡，但是今天我懇請她多逗留一點時間，讓我們像從前那樣聊天。我覺得自己很開心、積極，樂於和人往來，她說很高興看到我又恢復了以往的模樣。「因為我最近在寫作，」我說，「這是我唯一覺得實在的事。」我為莉絲煮了咖啡，喝咖啡時，我問她近來過得如何，並為自己長久以來對她的忽略而感到愧疚。「不太好，」她說，「結了婚的男人都很糟糕，但是我離不開他。」奧勒因為嫉妒而得了精神官能症，他去見了一個名叫薩克斯・雅各森（Sachs Jacobsen）的心理治療師，但莉絲覺得他不太專業。上個星期天早上，莉絲因為金姆病了而忘記去買配咖啡的圓麵包，奧勒因此大發雷霆。隔天薩克斯太太打電話去莉絲的辦公室。她是德國人。「妳的先生確實很需要那些溫熱的圓麵包喔。」她以濃濃的德國口音這樣說。我們為此笑了很久，從前存在於我們之間的那種友情的聯繫，再次慢慢地重新建立起來了。我也想和她分享我的私事，於是我告訴她卡爾對我的耳疾有多麼投入，他認為我需要動手術。「這太可怕了，」她真的被嚇著了，「千萬別答應，托芙，這種手術會讓妳變成聾子。我有一個阿姨就是這樣聾了。再說，在妳認識卡爾以前，妳的耳朵一直都沒問題啊。」「是沒問題，」我說，「但是我的耳朵現在確實不時就會疼痛。」然後我想起卡爾在幾天前收到了一封很重要的信。那是來自斯凱爾斯克爾（Skelskør）的一個女人寫給他的信，通知他說，再過一個月左右，她就將生下他的孩子，而她之前一直沒有知會他是以為肚子裡長了一顆腫瘤。因為她生長在一個非常傳統的家庭，因此這個孩子將會被送養他人。卡爾建議我們領養這個孩子，我沒有太大反應，淡淡地回說好，因為，對我來說，多一個小孩也沒有太大差別。此外，還有一個我沒有告訴莉絲的原因就是，如果我領養了他的孩子，他就不會輕易離開我。「我覺得這是個好主意，」莉絲說，她和娜特雅一樣，非常重視對他人施予援手，只要能幫助別人，減輕他人負擔，她都會去做。「當你們搬進新房子以後，你們便會有足夠的空間了。」「那就這樣吧，」我說，彷彿在討論的是去林間散步這樣的事。卡爾也答應我會再聘請一名家務助理。我無法同時兼顧寫作及看顧三個小孩。莉絲覺得這樣很合理。「這樣一來，就有人幫妳下廚了，」她說，同時若有所思地用食指敲打著她前排的牙齒，「妳很需要，妳越來越瘦了。」然後，她去院子牽起金姆，一起回家了。我走進浴室，又吞了一顆藥，然後坐下來寫作。經過這些時間，我第一次能如此順暢地疾筆書寫。就如往日那樣，我忘記了週遭的一切，也忘了浴室裡那一瓶為我帶來內心平靜的源頭。

一九四五年十月，我們去國家醫院（Rigshospitalet）領回了那個新生的女嬰。她非常嬌小，只有五磅重，頭髮是紅色的，還有著長長的金色睫毛。那天，我吞了四顆藥，因為兩顆藥已經無法達到如同以往的效果了。我覺得能再次將一個新生兒抱在懷裡，是非常幸福的事，我答應自己對待這個孩子要如同己出般疼愛。她每三個小時就要喝一瓶奶，夜裡，卡爾會起床幫她餵奶。我無法從睡眠裡清醒，因為已服了安眠藥。當我的母親來探望小嬰兒的時候，她望了嬰兒床一眼說：「嗯，這孩子說不上漂亮。」她覺得我去招惹這些孩子的事根本沒有必要，實在太瘋狂。我的婆婆也來了，她幾乎因為感動而窒息，「上帝啊，」她把手擺在胸口說，「她實在是太像卡爾了。」接著，她和我們閒聊，說她的廚娘逃走了，要再找一個廚娘有多困難。她的廚娘總是有問題。「對於我的熱潮紅（hedestigninger）[49]，我該怎麼辦？」她問。她

49 編注：女性更年期的症狀之一，其他症狀亦包括如發熱、出汗等。

兒子總是得喝得半醉才能忍受她的來訪，他微笑著說：「那肯定很舒服啊，這個夏天那麼涼爽。」他從未對她嚴肅以待，當她想要親吻他時，他會輕輕側身避開她的擁抱。最後一秒鐘，他才會把臉轉過去，讓她在臉頰上親一下。每當她來探望我們的時候，他總是叫我穿上長袖的連身裙以遮掩我手臂上的那些針孔。「其實也沒有什麼大不了的，」他說，「只是不太雅觀。」

亞貝（Jabbe）住進了我們的公寓，暫時睡在小孩房間裡。其實應該稱呼她雅格森（Jacobsen）小姐，她來自格林諾（Grenå），但是因為赫樂叫她亞貝，所以我們也跟著這樣叫她。她身材魁偉，很能幹，非常喜歡小孩。她的臉龐有著天真氣息，看起來很讓人信賴，凸出的雙眼總是有些濕潤，彷彿總是被什麼事情觸動似的。她每天都早起，為早晨的咖啡烤好圓麵包，再把早餐拿到床邊給我，卡爾則還在一旁沉睡。「您該吃點東西，」她堅決地說，「您太瘦了。」當餐點直接端到我面前來，多少還是讓我有了點胃口，而且，對我而言，好像一切都開始往好的方向發展。保泰松讓我能好好工作，偶爾才注射一次杜冷丁，也足以讓我滿足。艾博常在喝醉時打電話給我。他和維克多流連在各個酒吧之間，儘管我的許多朋友都認識維克多，我卻還未見過他。艾博非常希望我能和維克多見面。但是只要我告訴卡爾想去拜訪艾博，針筒就會出現，而他會以一種粗暴且冷酷的方式和我上床。「我愛順從的女人。」他說。當他不得不承認艾博有權見他的女兒時，他才與我達成協議，讓我偶爾把她送去艾博母親家裡待一會兒，在艾博和她見面後，艾博的母親再把她送回來。

我在英瓦和街上的一家診所，生下了邁克（Michael），卡爾負責接生。事後，我躺在單人房，懷裡抱著新生兒時，他幫我打了一針，然後坐在床邊，坐了很久，他注視著他的兒子，然後很快又把他放回搖籃裡。「這個孩子讓人期待，」他驕傲地說，「科學家和藝術家生下的孩子，這是一個很好的組合。」「我也很期盼快點看到我們的房子完工。」我虛弱地說，與此同時，那熟悉的甜蜜竄流到我的四肢。「我們這一輩子都會在一起，和其他人不同，維果・F、艾博，」他理所當然地說，「他們都不像我這樣了解妳。」

不久後，我們搬進了完工的房子，房子座落在根托夫特市（Gentofte）的埃瓦爾茲巴肯（Ewaldsbakken）。那是一棟由建築師設計、擁有完整建築結構的兩層磚屋。樓下有小孩房、女傭房、飯廳、衛浴和廚房。樓上，卡爾和我則各自擁有一間自己的房間。我的房間寬敞明亮，從我的書桌可以看到窗外美麗的花園，草皮上有許多果樹，每個星期天早上，卡爾都會去除草。這個夏天，我們算是快樂的。我們為生活打造了舒適的樣貌，這是我內心深處一直以來的夢想。我把所有的收入都交給卡爾，就我所見，他在財務方面的管理非常精明。然而，秋季的某一天，當我向他要一張新的保泰松藥方時，他來回走動，猶豫不決，小心翼翼地說：「我們暫停幾天吧，我擔心妳吃得太多了。」一天下來，我開始覺得非常不舒服，我過去也曾經歷過同樣的感受。我發抖、冒冷汗、腹瀉。此外也感到焦慮，而這感覺讓我的心跳越來越快。我非常清楚，我現在就需要服藥，而且我很快就找到了另一個解決的方法。忘了是為什麼，但我曾經把卡爾給我的一張處方箋收起來，我迅速地自己抄寫好，然後把處方箋交給一無所知的亞貝，請她去藥房買藥。她幫我把藥帶回來了，彷彿買的不過是一瓶阿斯匹靈似的。我吞了五、六顆——現在我必須得吃這麼多，才能擁有我剛開始服用時達到的效用——帶著一種隱隱約約的沮喪，我想起，這是我有生以來的第一次犯罪。我下定決心，下不為例。然而，我並沒有做到。我們在這間房子裡住了五年，而大部分的時間，我都是一個癮君子。

4

如果我沒有出席那一次的晚餐邀約，我不會經歷耳疾手術，或許所有的事都會不一樣了。那段時間，卡爾總是不時會幫我打一針。保泰松總能讓我情緒高昂，而我手臂上的那排針孔終於也漸漸變淡了。我對杜冷丁的渴望也不再強烈。當欲望再度浮現，我會提醒自己，在它的影響下，我根本無法寫作，而當時我需要極度專注在長篇小說的創作。在埃瓦爾茲巴肯的生活，幾乎是正常的。白天大部分的時間，我和亞貝及孩子們在一起直到傍晚時分；吃過晚餐之後，卡爾和我會回到我的房間，我喝咖啡，而卡爾讀著他有關科學研究的書，沒對我說太多話。一種奇妙的空虛在我們之間蔓延，我發現，我們其實無法對話。卡爾對文學一概不知，對他自己學科範圍以外的事也不感興趣。他總是以長得歪七扭八的牙齒咬著菸斗，坐在那裡，下顎凸出，彷彿大半張臉都是靠下巴撐托起來似的。偶爾，他會將目光從書頁中抬起，帶點羞澀的微笑對我說：「欸，托芙，妳還好嗎？」他也不像其他男人那樣，和我分享他的童年，如果我主動問起，他會給我空洞且毫無意義的答覆，彷彿他對童年一點記憶也沒有。我經常想起艾博，想起他在夜裡無止境的喃喃自語，想起他以德文朗讀里爾克的詩句以及激情地引用赫魯普說過的話。莉絲偶爾會來看我，她告訴我艾博仍然為了失去我而憂傷不已，所以常和維克多去托坎藤或其他酒吧，完全忽略了學業。

卡爾不在家的時候，艾絲特和哈夫丹偶爾也會來。他們住在馬修斯街（Matthæusgade）上的一間公寓，有一個比赫樂小一歲的女兒，而且他們非常窮困。他們問我，為什麼我和那些老朋友變得疏遠，也不再去俱樂部了？我說，我很忙碌，頻繁的社交活動對藝術家也不太好。艾絲特哀傷地微笑，說：「妳忘了我們在內克爾屋（Neckelhuset）的日子嗎？」然而，與世隔絕確實讓我感到痛苦，我渴望有人能夠陪我好好說話。我是丹麥作家協會的會員，可是每次的會議或聚會，維果・F總是會致電詢問我是否出席，如果我去，他就會避開，所以我從來沒去過。我也是國際筆會（PEN Club）[50]的主要成員，該會主席是凱・弗里斯・莫勒爾（Kai Friis Møller）[51]，是我所有書評朋友裡最熱情的一個。聖誕節

50 譯注：國際筆會是一個世界性的作家組織，宗旨在於促進各國作家間的友誼與合作，為言論自由奮鬥，並積極保護作家免受政治壓迫。

51 譯注：一八八八年～一九六〇年，丹麥詩人、評論家及翻譯，以翻譯歐洲詩歌最為知名。

前的某天，他撥電話給我，問我有沒有興趣和他及凱爾德．阿貝爾（Kjeld Abell）[52]、伊夫林．沃（Evelyn Waugh）[53]一起在斯科夫里德客棧（Skovriderkroen）吃頓晚餐。我想和他們三個人見面，所以當卡爾在那天晚上一如往常地問我是否需要打一針時，我第一次拒絕這個充滿誘惑的提議。他顯得有點怪異及不安。「如果太晚了，」他說，「我會來接妳。」我回答他說可以自己回家，他也可以先上床睡覺。「至少，」他溫柔地說，「把妳的手臂好好遮起來。臉上也塗一點面霜吧，」他又說，並用食指滑過我的臉，說：「妳的皮膚還是非常乾燥，只是妳自己沒有察覺。」

晚餐時，我坐在伊夫林．沃旁邊，他是位個頭矮小而活潑的年輕紳士，有著一張蒼白的臉和充滿好奇的雙眼。弗里斯．莫勒爾很有義氣地幫我克服一切的語言障礙，整體來說，他為人細心親切，很難相信他的筆鋒是如此銳利。凱爾德．阿貝爾問伊夫林・沃，英國是否有如此年輕貌美的女作家，他說沒有。當我問他為什麼會來丹麥，他說當他的孩子們從寄宿學校回家開始放假時，他就會去環遊世界，因為他無法忍受他們。我想替自己明顯的食慾不振找藉口，便說在出門前已經陪孩子們吃過飯。但我還是喝了不少，而且因為在出發前吞了一把保泰松，所以情緒非常愉快，喋喋不休地說了很多話，好幾次都讓這三位名流紳士發聲大笑。我們幾乎是餐廳裡唯一的一桌客人。外面飄著雪，一切是如此安靜，甚至可以聽到遙遠海上傳來的船隻引擎聲。當我們喝著咖啡和干邑白蘭地時，弗里斯・莫勒爾和凱爾德・阿貝爾忽然驚訝地望著出口，由於我背對著大門，什麼也看不見。「他究

52 譯注：一九〇一年～一九六一年，丹麥劇作家和劇院畫家、設計師。

53 譯注：一九〇三年～一九六六年，英國小說家、傳記及旅行作家，也是一名記者及書評人。作品常被改編為影集及電影，被認為是二十世紀英語寫作大師之一。

竟是誰啊？」弗里斯．莫勒爾說，同時用餐巾紙抹了抹嘴，看起來那人正朝我們這裡走來。我轉過頭，驚嚇地看見卡爾走過來，他穿著長皮靴，皮夾克還有落雪，手裡拿著安全帽，臉上的溫柔笑容則彷彿是被畫上去似的。「這……這是我先生。」我絕望地說，因為跟眼前這三位優雅的紳士比起來，他像是從火星來的人，而我忽然警醒到自己從來沒有真正看過他和任何人有過來往。他走到我面前，有點羞澀地說：「好了，回家的時間到了。」「容我介紹……」弗里斯．莫勒爾站起來，把椅子往後推了推。卡爾和他們三人握手卻不發一語，凱爾德．阿貝爾的嘴角則出現一抹諷刺的笑。我難受且生氣地站起身，眼中閃爍著羞愧。卡爾沉默地幫我穿上外套。當我們走出門外，我轉過身來對著他說：「你究竟在想什麼？我已經說了，你不必來接我。你這樣讓我太丟臉了。」但是和卡爾吵起來簡直是不可能的事。他抱歉地說，「我想睡了，但是在幫妳注射止痛藥前，不能睡。」他幫我打開摩托車邊車[54]的門，我在他關上門的時候坐好。回家的路上，我因為羞辱而哭泣。當他再次幫忙開門讓我下車時，他看到我的眼淚，脫口而出：「發生什麼事了？」我如往常般把手放在耳朵上，因為此刻我只想要獲得安慰。「喔……」我哭著說，「我的耳朵痛了一整晚，你想，為什麼這老毛病又復發了呢？」他看起來真的很擔心。但是當他把針管插入我手臂上尚能找到的靜脈血管時，他的眼裡也閃爍著一種奇特的勝利光芒。「我想，是法爾伯．漢森判斷錯誤了吧。」他說。他以一種比平日更粗暴的方式和我上床，事後，我軟弱無力地用手指梳過他幼細的

54 編注：邊車是一種附有單輪的設備，加裝在機車或腳踏車的車側，在第一、二次世界大戰時常作為高機動性的軍用交通工具，現在已因實用性不高而式微。

紅髮。他躺著，雙手擱在腦後，瞪著天花板看。「這樣下去不行，」他說，「那根骨頭一定要挖出來。別擔心，我認識一個不喜歡法爾伯．漢森的耳科專家。」

隔天，他從圖書館帶回所有關於耳疾的書籍。他鑽研那些厚書，當我們喝咖啡的時候，他會喃喃自語，在書本的示意圖畫上紅線，同時伸手摸摸我的耳後以及耳朵周圍說，如果疼痛持續下去，他會去見見他之前提過的那位主治醫生，嘗試說服他幫我動手術。「現在還痛嗎？」他問。「痛，」我說，做了個表情：「難以忍受的痛。」我對杜冷丁的渴望，以一種難以抗拒的力量回歸。隔天，我寫完長篇小說最後一個章節，用一張厚紙皮把書稿包起來，上面用大寫字母寫著：《為了孩子》，長篇小說，托芙．迪特萊弗森著。然後，我把書稿放在卡爾房間裡的一個文件櫃裡，如往常那樣，我感受到一種哀傷，那種無法再專注於小說寫作的哀傷。生理上，我也感到十分不舒服，於是從書桌上鎖的抽屜裡取出藥瓶；卡爾沒有這個抽屜的鑰匙。我吞下了一把藥片，沒有細算究竟有多少。對於假造處方這件事，我非常小心。有時，我會簽卡爾的名字，偶爾簽的是約翰的名字——他在奧恩斯特魯普療養院（Avnstrup sanatorium）完成了畢業考試。亞貝和我互相交替地帶著處方箋去藥房買藥，我非常確定，這個天真的女孩對我及這屋裡的一切祕密都不曾起過疑心。注射器、小玻璃瓶和針頭，都和我的文件一起鎖在文件櫃裡，只有一次——但那是在許久許久之後——亞貝說：「這真是一筆龐大的醫藥費。」她把帳單拿進來交給我。那時，每個月都要花上幾千克朗。

主治醫生年紀很大，重聽，脾氣乖戾。診所助理如果沒有馬上把他需要的工具遞給他，他會把手上所有東西摔到地上大喊：「該死的，我怎麼和這麼沒用的人一起工作？」「所以，」他說，檢視我的內耳。「法爾伯・漢森不願意操刀？好，我們看著辦吧。先照幾張X光片，極有可能已經滲入腦膜了。」「我也這樣想，」卡爾說，「我想，她偶爾還會發燒。」「發燒？」我訝異地說。「多少度？」主治醫生問。「我們沒有量體溫，」卡爾平靜地說，「我不想嚇壞我的太太。但是她看起來像是發燒，而且心不在焉。」幾天過後，我們再回去那裡，卡爾和主治醫生非常熱衷地在研究X光片。「這裡有個暗影。」主治醫生說，沉默了一陣子。接著，他甩了甩他的光頭。「好，」他說，「我們動手術。明天一早，我可以安排您太太入院到單人病房，然後，明天上午，我就會幫她開刀。」我們回到家後，卡爾幫我打針，我想著：我就是希望這樣度過餘生，別讓我再回到現實生活。

當我從麻醉裡醒來，我的頭整個被紗布包紮著，此刻我才終於真正體會到耳朵痛是什麼感覺。我痛苦得大聲呻吟，躺在床上翻來覆去。主治醫生進來，坐在床緣。「試試看，微笑。」他說，我動了動嘴角，勉強做了類似微笑的表情。「為什麼？」我重新呻吟，來回滾動。「我們不小心碰到了顏面神經，」他解釋，「這可能會導致顏面麻痺，不過，我們幸運地避免了。」「我很痛，」我嗚咽，「能給我止痛藥嗎？」「當然，」他說，「我可以開些阿斯匹靈，這是我們這裡所能開立藥性最高的止痛藥。我們不想讓人染上毒癮。阿斯匹靈，還有些讓妳夜裡好睡的藥。」「您是否可以打電話給我先生，讓他過來？」我驚慌失措地問，「我很想和他說說話。」「他一會兒就來，」主治醫生說，「很快的，現在，您需要休息。」卡爾進來時，帶著他棕色的公事包，裡面有那根神聖的針筒。當他在我的靜脈血管注射時，我說：「你必須常來，我這輩子從沒有這麼痛苦過，他們卻只給我阿斯匹靈。」「他們還不如給妳方糖算了。」他嘀咕地說。「大聲點，」我說，「我聽不見你說什麼。」「妳的那隻耳朵聾了，」他說，「妳那隻耳朵，這輩子都聽不見了，但是也不會再痛了。」當藥效發揮作用後，似乎就沒那麼痛了，但是依舊能感受到疼。「我該怎麼辦？」我虛弱地問，「如果我又開始痛，但是你不在？」「妳得嘗試忍耐，」他急切地說，「如果我來的次數太過頻繁，他們會起疑的。」晚上，他回來幫我打針，還給我安眠藥。而那幾個小時簡直是地獄，我忽然察覺，原來我這一生根本就不知道身體承受了巨大痛苦是怎麼回事。我感覺自己被困在一個可怕的陷阱，完全不知道自己何時會觸動機制而被活活夾死。我在夜裡醒來，感覺頭彷彿被熊熊火焰燒透。「救命！」我對著房門大喊，門邊上的夜燈照射出一抹藍色的光芒。一位護士衝進來。「我馬上給您阿斯匹靈。」她說，「我很抱歉，我們無法給您提供更強的藥物。主治醫生非常嚴厲，」她抱歉地說，「他自己曾經兩個耳朵都動過手術，而他也清楚記得，當初他自己都無法忍受那種疼痛。」她離開以後，我被一種巨大的恐懼吞噬。我一秒鐘也不願意留在這裡。我站起身，穿好衣服，盡量不發出太大的聲音。喔，啊，我輕聲呻吟，我快死了，母親啊，我快死了，我無法忍受下去。穿好外套以後，我小心翼翼看著門外。在我的房間外頭，還有一扇門，希望那扇門能通往出口。我快步衝去那裡，片刻間卻發現自己站在黑夜空蕩蕩的街道，頭上還紮著紗布。我揮手招了一輛計程車，司機關心地問我是否發生車禍。當我回到家時，我跑過花園的走道，瘋狂地按著門鈴。我身上沒有鑰匙。亞貝出來開門。「發生什麼事了？」她驚恐地問，並睜大眼睛瞪著我看。「沒事，」我說，「我只是不想待在那裡了。」我跑去卡爾的房間把他搖醒。「杜冷丁，」我嗚咽，「快！我快被疼痛給搞瘋了。」

這種情況維持了十四天左右，卡爾請了假，沒去上班，只為了讓我能在要求他幫我打針的時候，為我注射。我一動不動，無力地躺在床上，感覺自己像是在溫熱的綠色水液裡搖晃著沉沉入睡。只要我能永恆地處於這樣一種幸福的狀態裡，世界上一切的事物，對我而言都不重要了。卡爾說，很多人都是聾了一隻耳朵，根本也沒什麼關係。我其實也不在乎，因為這是值得的。只要能趕走難以忍受的現實生活，任何代價都不算太高。亞貝上樓來餵我進食。我幾乎什麼都吃不下，懇請她讓我一個人待著。「絕對不行，」她堅決地說，「只要我還能做主，您就絕不會餓死。事情已經夠糟糕的了。」

某天夜裡，我醒來，發現疼痛幾乎消失了。但是，我覺得很冷，發著抖，嘴唇乾裂，好像得用雙手才能把嘴巴掰開。卡爾帶著睡意起來幫我打針。「當這個靜脈血管也堵塞，」他彷彿在對自己說話似的，「我不知道我們還能怎麼辦，或許，我們可以從妳腳上找找看。」

當我再次躺在自己床上的時候，我發現已經很久很久沒有看到孩子們了。我下樓走進孩子們的房間裡。我非常虛弱，不得不靠著牆壁，避免自己摔倒。我打開房間裡的燈，看著孩子們。赫樂躺著，嘴裡塞著大拇指，一頭捲髮看來如同光環圍繞著她的頭。邁克抱著他的小貓睡覺。他沒有小貓就無法入睡。只有特琳娜（Trine）睜著眼躺在那裡，以她那難以理解的嬰兒目光，嚴肅地看著我。我蹣跚地走向她的床，輕撫她的頭髮。她有長長的金色的睫毛，在我的撫摸下，漸漸地垂下。滿地都是玩具，在房間中央有個遊戲圍欄。我幾乎不再認識這些孩子了，也沒有參與他們的人生。宛如一名老婦回憶著她的青春那樣，我想著自己，也不過幾年前，我還是個快樂健康的女孩，對人生充滿希望，也有很多朋友。但這想法稍縱即逝，我熄了燈，輕輕把門關上。我花了很長時間，才能上樓回到床上。我讓燈亮著，躺在床上，看著我瘦小、蒼白的手，我讓手指飛舞，彷彿在打字機上打字。長久以來，頭一次，一個清晰的想法出現在我腦海裡。如果事情持續惡化，我想，我要打電話給傑爾特．約恩森，把一切告訴他。我這樣做不僅僅是為了孩子們，也是為了那些我還沒寫出來的書。

5

接著，時間消失了。一個小時可以像一年那樣長，而一年又可以像一個小時那樣短。這一切都在於，針筒裡藥的份量。有的時候，它根本沒有一點效用，我就會告訴總是在附近的卡爾說：太少了。他會摸摸下巴，眼裡帶著困擾的神情。「我們必須減量，」他說，「否則妳會生病的。」「如果藥量太少，我才會生病，」我說，「為什麼你要如此折磨我？」「好，好，」他嘀咕著，無助似的聳聳肩膀，「我再給妳多一點。」

我一直都躺在床上，只有在亞貝的扶持下才能走進廁所。當她坐著餵我吃東西時，她的大臉濕透了，彷彿被水噴了一臉似的。

我用手滑過她一邊的臉頰，接著把手指放入口中嚐，鹹的。我想像著，羨慕地想著，能為他人如此感傷。我無法感受四季。窗簾總是被拉上，因為光線會刺痛我的眼睛，對我來說，日夜根本沒有分別。我睡著，我醒來，我感覺好了一些，我又病了。我的打字機離我那麼遙遠，彷彿得從望遠鏡的另一端才能看到它似的。樓下，生命實際存在的地方，孩子們的聲音彷彿穿透層層羊毛毯子才傳到我這裡。臉蛋兒出現在我身邊隨即又消失。電話鈴聲響起，卡爾接了。「不，對不起，我太太近來身體不太好。」他在我的房間裡用餐，我訝異，帶著隱約的羨慕看著他，因為他的胃口居然還不錯。「試試看，吃一口，」他迫切地說，「這個很好吃。亞貝是特地為了妳做的。」他用叉子叉了一塊肉，放入我的口裡，我把肉吐了出來。我看著他用抹布擦了擦床單上的痕跡。他的臉靠近我的。他的皮膚光滑細緻，而他的眼皮如孩子般乾淨而濕潤。「你是那麼健康。」我脫口而出。「妳也會好起來的，」他說，「只要妳能稍微忍受偶爾的不適，只要妳能讓我把藥量稍微減低。」「我是不是已經成了真正的癮君子？」我問。「是的，」他說，臉上帶著猶疑、不確定的微笑，「妳現在已經真的成癮了。」他躡手躡腳走在地板上，把窗簾微微拉開，看著外頭的天氣。「當妳可以重新下樓、回到花園的那天，一切將會多麼美好。果樹開滿了花，妳想不想看？」他扶著腳步蹣跚的我，走到窗前。「你不再除草了嗎？」我問，只是為了再說點什麼。我們的草坪都長到鄰居家去了。看得出已經許久沒有整理，蒲公英長了一地，種子隨風飄揚。「是啊，」他說，「還有更重要的事，需要我費神。」某天，他坐在我的床邊，問我，我還好嗎？「我還好，因為那一針的劑量足夠。」「有件事，」他說，「我想跟妳商量。在研究院裡，有一名主任醫生，挪用了他所獲得的四萬克朗的研究費來買毒品。我是在非常巧合的狀況下發現的。」「我以為你沒有再去那裡了？」我驚訝地問。「有的，」他說，同時從地上撿起一些看不見的塵埃——這是他的新習慣，「妳睡著的時候，我偶爾會過去。」「嗯，」我毫無興趣地說，「你想怎麼做呢？」「我想過了，」他說，再次彎下身子撿起什麼，「我想去找個律師談談。我原本想去報警，但是，妳覺得呢？我是不是該先找個律師諮詢一下？」「是啊，」我毫不在乎地說，「那樣更好。但是請你不要離開太久，當我需要你的時候，你得在這裡。」

母親來了，坐在我的床邊。她握住我的手，拍了拍。「妳父親和我，」她說，同時用手背擦了擦眼睛，「我們覺得，是卡爾害妳生病的。我們不知道他做了什麼，但是我覺得，他不太正常。他在電話裡表現得很怪異，我們過來的時候，他也從來不在家。亞貝也說他越來越奇怪了。前幾天他叫她清洗孩子們的鞋墊，預防感染。

她說很懼怕他。」「他沒有害我生病，」我平靜地說，「相反的，他嘗試讓我康復。請妳回去吧，說話讓我感到很疲倦。」然而，偶爾我也覺得，他撿灰塵的動作、他踮著腳躡手躡腳走路的習慣，以及他經常在我不需要他時就把自己鎖在房裡的舉止，都顯得有點怪異。偶爾，我想——心裡毫無恐懼——我是否快死了，我是否該振作起來打通電話給傑爾特．約恩森。但是，如果我真的那麼做，就再也不能得到任何藥物注射了，這點我非常肯定。如果我這樣做，他會把我送回醫院，而那裡只讓我服用阿斯匹靈。因為這樣，我把事情就這樣耽擱拖著，同時也處在一種無法清楚思考太久的狀態當中。莉絲來看我，把她的臉靠近我，將臉頰貼在我的臉上，我把頭移走，呻吟著，因為肌膚的接觸讓我感到疼痛。我無法忍受他人的肌膚與我觸碰，我和卡爾也很久沒有上床了。「妳生了什麼病，托芙？」她嚴肅地問，「妳在隱瞞一些可怕的事。每當有人去問卡爾，他總是顧左右而言他。」「那是一種血液疾病，」我按照卡爾的指示說，「但是危機已經過去。現在漸漸好轉了。請妳離開好嗎？我很累。」「妳不再寫作了嗎？」她說，「妳記得嗎，每次只要妳開始寫書，妳有多麼快樂？」「嗯，」我說，看著我那台積滿灰塵的打字機，「我記得，我會再次寫作的。妳走吧。」之後，我想著她的話。我永遠不會再寫作了嗎？我記得那些遙遠的時刻，那時，當杜冷丁的藥效發揮以後，那些辭彙與詩句如何在我腦中跳躍，然而，這種情況不再。我再也無法體驗到過去那種滿足感，而且，我也知道，卡爾早已減低了劑量，有時，他甚至只是在針管裡注滿清水。有一次，我也弄不清楚是白天還是夜裡，他蹲在我的腳邊，把針管注射在我一隻腳上的血管，我看見他眼裡都是淚水。「你為什麼哭？」我驚訝地問。「我不知道，」他說，「我希望妳明白，如果我做錯了什麼，我會受到懲罰的。」這是他唯一懺悔的一次。「你是不是幫我注射清水？」我說，對於其他的事，我一點興趣也沒有。「接下來，會有一段時間，」他說，「妳會覺得自己病重，極度不適，但是，接下來，妳會好起來的，最後就會完全康復。但是，妳必須停止對我糾纏不清，因為我無法忍受看著妳受苦。我所做的一切，都是為了妳，為了讓妳康復，這樣妳才能重新工作，陪伴孩子們。」他的話讓我內心充滿恐懼。「我不能失去杜冷丁，」我怒吼，「我不能失去它。是你開始這一切，你一定要繼續下去。」「不，」他溫柔地說，「現在，我會逐漸停止。」

地獄就在人間。我感到很冷，我發抖，我汗流浹背，對著這個空蕩蕩的房間大哭、大聲呼喊著他的名字。亞貝進來坐在我身邊。她絕望地哭泣。「他把自己反鎖起來了，」她說，「我很怕他。我只能把食物放在他的門口，我離開後他就會把食物拿進去。您能不能打電話給另一個醫生呢？您病得很嚴重，我什麼忙也幫不上。當您的朋友們來訪，他不允許我讓他們進來。他連自己的母親也不想見。」「或許，」我說，「他快瘋了，我知道，他曾經發過一次瘋。」然後，我開始嘔吐，亞貝拿了一個碗過來，並用毛巾幫我擦臉。我請她幫我在電話本裡找到傑爾特．約恩森的電話號碼，然後抄在一張紙條上。她照做了，我把紙條放在枕頭底下。現在，連安眠藥都無法讓我入睡了。當我閉上眼睛，眼皮底下就出現可怕的影像。一個小女孩，走在黑暗的街上，忽然間，一個男人出現在她身後。他頭上戴著頂黑色的帽子，手上拎著一把長刀。他快速向前，一個跳躍，一把將刀插入小女孩的背上。我們同時尖叫起來，我再次睜開眼睛。卡爾輕手輕腳走進來。「妳又做惡夢了嗎？」他說，接著彎身撿拾地上的塵埃，「我們沒有杜冷丁了，我大概忘了去繳清最後一次的帳單，但是，我可以給妳一劑安眠藥。」他把藥倒入量杯裡，我懇求他直接給我兩劑份量。「不管了，」他說，照著我說的做，「反正這也不會對妳造成多大傷害。」我感到稍微好了一些，他拍拍我的手——我的手只有他的一半大小。「這是營養不良的問題，」他傻笑著說，「如果妳的體重能增加二十磅，一切就沒問題了。」他坐了一會兒，對著空氣發呆。接著他以假音唱著：只要我們想要，隨時都能操我們的女人。「那是我們在皇家學生宿舍的時候常唱的，」他解釋說，「當我住在那裡的時候，我還是素食者。我常把妳想像成是我的妹妹，」他喃喃自語，然後再次朝下彎身，「亂倫比人們想像中還更常見。」然後他嘗試和我上床，這是我第一次對他感到恐懼。「不，」我說，以無力的動作試著推開他，「走開，我想睡覺。」他走後，我一直醒著。「他瘋了。」我對著虛無的空氣叫出聲來，而我快死了。我嘗試抓緊著這兩個念頭，它們像我腦中兩條垂直的線，卻又彷彿是被風吹過的水裡漂浮的海藻。我不敢閉上眼睛，因為我害怕眼皮底下的景象。現在是黑夜還是白天呢？我用手肘把自己支撐起來，結果身子滑落床邊。我發現自己竟然連站起來的力氣也沒有。於是，我只好用四肢爬行，然後撐著自己爬到書桌旁的椅子上。我盡了全力，不得不把雙手擱在打字機的鍵盤上，並把頭靠著，休息一下。我的呼吸聲，在寂靜裡嘶嘶作響。我一定要在安眠藥停止發揮效用前展開行動。我的手裡緊握著抄了傑爾特·約恩森電話號碼的那張紙條。我打開檯燈，撥了電話號碼，等候著答覆。「哈囉，」一個冷靜的聲音傳出，「這是傑爾特·約恩森。」我說了自己的名字。「啊，是您，」他脫口而出，「怎麼會在這種時候吵醒我呢？發生了什麼事？」「我生病了，」我說，「他在針筒裡注滿了清水。」「什麼針筒？」「杜冷丁。」我說，已無力進一步解釋。「他幫您注射杜冷丁，」他厲聲說，「有多長時間了？」「我不知道，」我輕聲說，「有好幾年吧，但是他現在不願意了。我快要死了。幫幫我。」他問我隔天是否可以去他那裡，我說不行。於是他請我把話筒交給卡爾，我盡我所能，大聲呼喊他的名字，同時把話筒擱在桌子上。他穿著線條睡衣出現在門口。「什麼事？」他睡眼惺忪地說。「是傑爾特．約恩森，」我說，「他要和你說話。」「這樣啊，」他柔和地說，揉了揉他沒刮鬍子的下巴，「我的事業就這樣毀了。」他說這句話時並沒有任何責怪的語氣，那一刻，我也不明白他究竟是什麼意思。「哈囉。」他對著話筒說，然後是長久的沉默，因為對方在說話。在房裡也聽得見，對方非常激動和憤怒。「好的，」卡爾只是說，「是的，明天兩點鐘。我會的，是的，我明天會解釋清楚。」放下聽筒以後，他病態地對我微笑。「妳想要打一針嗎？」他溫柔地問，「這次，我會注射足夠的劑量。我們應該好好慶祝。」他把針筒拿過來，然後那種久違多時的甜蜜和幸福感，再次進入了我的血液。「你在生我的氣嗎？」我說，同時用手指纏繞著他的頭髮。

「沒有，」他站起來，說，「每個人都必須照顧自己。」然後他看著週遭的一切，他看著每一件家具，彷彿想要永遠記下這個房間及所有的布置。「妳記得嗎，」他緩慢地說，「我們搬進這間房子的那天，有多麼快樂？」「嗯，」我虛弱地說，「我們可以像從前那樣的。我實在是太傻了，竟然打電話給他。」「不，」他說，「這是妳的解決方式。妳會被安排住院，一切都過去了。」「孩子們怎麼辦？」我忽然想起。「他們還有亞貝啊，」他說，「她不會丟下他們的。」「那你呢，」我問，「你的解決方式是什麼？」「我完了，」他平靜地說，「但是，妳不必擔心這個。現在，我們各自都得盡全力挽救。」

隔天，當他從傑爾特．約恩森那裡回來時，他看起來比長久以來這段時間都還要平靜。「妳得入院，」他邊說邊脫下他的摩托車外套，「進行戒毒治療。只要奧林奇醫院（Oringe）一有空床，就會馬上安排妳住院，在那之前，妳需要多少杜冷丁都有。妳不高興嗎？」「高興。」我發現，也是同樣的這句話，讓我接受了他們為我進行的耳朵手術。「你呢？」我問，「你接下來會做什麼？」「我有麻煩了，關於衛生部的事，」他故作輕鬆地說，「但是，我能處理。妳只要顧好自己就夠了。」

當我告訴亞貝入院的事，她非常高興。「您會康復的，」她說，「您所有的朋友和家人都會很高興的，他們已經擔心您很久了。」我入院的那天，她把我抱到浴室裡，幫我把全身上下都清洗乾淨。她也幫我洗了頭，洗澡水都因為汙垢而變黑了。「您並沒有比赫樂重多少。」當她將我重新抱回床上時，她這樣說。卡爾進來幫我打了一針。「這是最後一次了，」他說，「我會請他們慢慢地幫妳戒掉。我陪妳去。」我伸手環抱住救護員的脖子，他把我抱下樓。我覺得救護員看起來很擔心，於是對著他微笑。他回我一個微笑，我卻從他眼裡讀到同情。卡爾坐在擔架旁邊，眼神空洞地發呆。忽然間，他傻笑起來，恍若想起什麼調皮的事。他撿起一些灰塵，揉在手心裡。「我不確定，」他眼神空洞地說，「我們還會不會再見面。」接著，他以一種無所謂的音調，又說：「事實上，對於耳朵痛的事，我也從來沒有確定過。」這是我從他嘴裡聽見的，最後一句話。

6

我躺在床上，微微從枕上抬起頭，僵硬地望著我的手錶。我用另一隻手擦了擦眼皮上的汗水。我瞪著秒針，因為分針拒絕移動。偶爾，我把手錶靠在健康的那隻耳朵旁，因為我以為錶停止轉動了。每隔三小時，他們會幫我打一針，而最後的那個小時總是比我在世界上活著的那些年還要漫長。像這樣抬著頭讓我感到脖子痠痛，但是如果我把頭好好放在枕頭上，牆壁就會向我這裡移動，越來越近，這小房間裡的空氣就不夠了。如果我把頭靠在枕頭上，許多動物便會在被子裡竄動，那些數以千計的、細小的、噁心的、蟑螂似的小動物，會爬遍我的全身，鑽入我的鼻子、嘴巴和耳朵。如果我想閉上眼睛一會兒，同樣的事情也會發生，這些小動物會覆蓋我，而我無法阻止。我想尖叫，卻無法張開雙唇。我心裡也漸漸明白，尖叫只是徒勞。沒人會有任何反應，沒人會在預定的時間以外進來房裡。我被一條皮帶綁在床上，皮帶緊繫我的腰間，讓我幾乎無法翻身。即便是在為我更換身下滿是排泄物的床單時，他們也不會解開皮帶。「他們」或藍或白，沒有身分，在我眼裡閃爍。他們是掌權的人，儘管我叫破喉嚨呼喚卡爾的名字也是徒然，我的聲音最終只會變成聽不見的耳語。時間是兩點五十五分，三點鐘，他們就會過來幫我打針。為什麼五分鐘會像五年那麼漫長？手錶在我的耳邊隨著我狂野的心跳，滴答作響。或許我的手錶時間不準確，儘管他們從未間斷為我校正手錶的時間；或許他們已把我遺忘了；或許他們正在為其他的病人忙碌——從我門外那個未知的世界裡，總是傳來他們的尖叫與哭喊。

「嗯，」一張嘴這樣說，從我的角度看來，從左耳到右耳的這張臉，相較於他的身體來說實在有點太大，「現在，可以幫您打一針了。針會打在大腿上，需要一些時間才會發揮效用。」所謂的效用，其實只是讓我感到稍微放鬆一點。我終於能把頭放回枕頭上，我的身體也暫時停止了無止境的顫抖。偶爾，那些臉孔會從藍白相間的條紋裡清晰地出現，如修女一樣虔誠與純潔，我了解他們並不想傷害我。「跟我說說話。」我請求，她在我床邊坐下，並幫我擦乾臉上的汗水。「很快的，」她說，「就要過去了。我們會讓您康復的，但您真是在最後關頭才來到我們這裡。」「我的丈夫在哪裡？」我問。「再過一會兒，」她避開我的問題，「波爾伯（Borberg）醫生會過來和您說話。但是，首先，我們得把您整頓好。」於是我被強而有力的手臂托起來，底下的床單換成了乾淨的。我被清洗乾淨，換上了一件乾淨的白色襯衫。「最可怕的，」

我說，「是那些動物。」「我把牠們都弄走，」她鼓勵似的說，「牠們來的時候，您就叫我，我會把牠們趕走。乖乖聽話，喝下我們為您準備的水。您非常需要水分，您自己無法感覺嗎？您不口渴嗎？」她把我的頭抬起來，把一個玻璃杯遞到我嘴邊。「喝下。」她急切地說。我聽話地喝下了，甚至還多要了一杯。「這樣很好，」那聲音說，「您做得真好。」

波爾伯醫生來了，他是這個充滿折磨的世界裡，唯一一個我能清楚理解的人。他很高，金髮，三十五歲左右，有一張小男孩般的圓臉蛋，以及聰明又可親的眼睛。他問我，能不能和他談談。接著，他告訴我：「您的丈夫被安排住進國家醫院，他患有嚴重的精神病。衛生部要控告他，但是，目前看起來，或許會撤銷控訴。」「可是，孩子們，」我驚惶地說，「他不在的話，亞貝沒錢。我必須馬上回家。」「您半年內都不能回家，」他堅決地說，「不過，您的女傭自然也需要錢。我和她通過電話了，過幾天，她就會來探望您。我會確保在幫您注射完畢之後，立即安排和她見面。」他離開了，藥效逐漸減弱了。我再次把頭從枕上抬起來，瞪著我的手錶看，世界上除了我和這支錶，再也沒有其他事物了。亞貝來的時候，我把我的銀行存摺交給她，卡爾在我入院時把存摺放在救護車裡，我的擔架上。我請她把我放置在卡爾房裡文件櫃那些小說原稿找出來，交給出版社。我也請求她留在孩子們身邊，直到我回家，她答應了。她以那雙濕潤、關懷的眼睛看著我，拍了拍我的手，問我有沒有進食。接著，她開始告訴我許多關於孩子們的事情，但是我已經無法集中精神了。「請離開吧，亞貝，」我說，汗水再次流遍我的身體，「請告訴孩子們，我很快就會康復，我很期待再次見到他們。」「您的丈夫，」她說，眼裡帶著恐懼，「他不會忽然回家吧？」「不會。」我向她保證，我想，他應該永遠都不會回來了。

慢慢地，我的折磨減輕了。現在我可以將頭靠在枕頭上，牆壁並沒有移向我的床，我也停止了對手錶無止境的凝視。我不再被皮帶綑綁，也能讓護士攙扶著去廁所。在我的房間外面，是一個大廳，那裡密密麻麻地擺滿了床，床與床之間只有窄窄的走道。大部分的病人都被皮帶綑綁在床上，有些人手上還戴著寬大的手套。他們以空洞、呆滯的眼睛盯著我看，我向護士挨近了一點。「您不必害怕，」她說，「這些都是生了重病的。他們不會傷害任何人的。」但是他們大喊大叫，所以你根本無法聽見自己的聲音。「我為什麼會在這裡？」我說，「我不是一個瘋子啊。」「這裡是封閉病房，」她說，「當初您進來的時候，不能被安排去別的地方。等您稍微康復以後，我相信一定能把您轉移到開放病房去。過來吧，」她善意地把我領到盥洗室，「洗洗手，看看您能否自己做到。」我抬起頭，看見鏡子裡的自己，我用手掩住嘴以免自己叫出聲來。「這不是我，」我哭了起來，「我不是這個樣子的。這不可能。」在鏡子裡，我看見一個憔悴、蒼老的陌生臉孔，皮膚灰白，長滿鱗片，滿眼通紅。我看起來根本就像個七十歲的老婦，我抱著護士嚎啕大哭，她把我的頭擱在她的肩膀上說：「好了，好了，我沒想到妳會這樣呢，但是，別哭了。當您開始服用胰島素以後，一切都會好轉的。您的身體會重新獲得脂肪，然後看起來就像位年輕的女性了。我向您保證。我們經常遇到這種情況。」回到床上以後，我躺著端詳自己火柴般瘦小的手腳，那一刻，我對卡爾產生了極大的怒意。可是，我又想到自己也有責任，於是，憤怒便消失了。

隔天早晨，他們幫我注射了一劑胰島素。我夜裡沒睡好，於是又昏睡過去，等我再次醒來，已經是早上九點半。我感覺到一種極度的飢餓，我發著抖，眼前閃爍著黑點。我全身的細胞都在渴望著食物，就如當初渴望杜冷丁的那種狀態，於是我到走廊上叫住了一名護士。她是路維生（Ludvigsen）小姐。「我很不舒服，」我說，「我可以吃點東西嗎？」她抓住我的手臂，把我領回房間裡。「實際上，您的用餐時間是十點鐘，但是我現在就去幫您把食物拿過來。就這一次，沒關係。」她把托盤拿進來，上面放著一個盤子，盤子裡裝滿鋪著起司的裸麥麵包和塗滿果醬的白麵包，她還來不及放下托盤，我便一把搶過食物往嘴裡塞，咀嚼、吞下，然後貪婪地又拿了更多，同時一種莫名的、生理上的滿足遍布全身。「啊，感覺真好！」我在喝著兩口牛奶之間的空檔脫口而出，「只要想吃，我就能一直吃是嗎？」路維生小姐大笑：「當然！」她保證，「即便您把我們吃到傾家蕩產也沒問題，看見您吃東西，真是太棒了。」她又去拿了更多食物，而我則是瘋狂大吃，同時因喜悅而笑出聲來。「我好快樂，」我說，「此刻我終於相信自己能夠康復了。你們不會停止讓我服用胰島素吧？」「在您的體重恢復正常以前，不會的，」她說，「但是這還需要一段時間。」然後，他們幫我換上醫院的袍子，讓我坐在窗邊的椅子上。窗外是一大片草坪，維護得相當好，而在兩棟不太高的建築物中間，我能看到一注藍色的水，上面有著白色的泡沫。秋天了，枯葉堆積在草坪上。幾個穿著條紋上衣的男人，毫不費力地把枯葉掃成堆。「我什麼時候可以去散步？」我問正在幫我梳頭的路維生小姐。「快了，」她保證，「我們會請人陪您去。目前您還不能單獨行動。」

有段時間，我只是盯著手錶，迫不及待地等著用餐。我很期待用餐時間，食慾簡直如同一名水泥工。我的體重也增加了，他們每隔一天就幫我量體重。我入院時只有三十公斤，但是如今很快就要四十公斤了。我無需扶持便可自己走路，我每天會到戶外走走，並且和護士們在豔陽下喋喋不休地聊天，因為我的心情非常愉悅。我發現自己彷彿回到認識卡爾之前的時光，在那個遙遠而快樂的世界裡，我一直都是個快樂的人。他們允許我每天打電話回家，我也和赫樂在電話裡聊天。她六歲了，已經開始上學。她問：「媽媽，為什麼妳不和爸爸再結一次婚？我不喜歡卡爾爸爸。」我笑著說，「或許我會，但是我不確定他是否還想和我在一起。」「他不喝酒了，」她高興地說，「他現在回去上學了。昨天他和維克多一起來了。維克多給了我們糖果和太妃糖，他的人真好。他問我是不是要和媽媽一樣，當個詩人。」

一個上午，我剛用完餐，波爾伯醫生進來了。「現在，我們得認真談談。」他說，然後坐了下來。我坐在床緣，充滿期待地看著他。「我康復了，」我說，「我很快樂。」於是，他向我解釋，我的身體差不多痊癒了，但這不是最重要的。接下來會進入穩定期，這才是最耗時的一個過程。我必須學習過著無藥物、能不受藥物影響的生活，讓任何有關杜冷丁的記憶逐漸從我的腦海中消失。他說，「在這個備受保護的醫院病房裡，您很容易會覺得自己已經康復，心情開朗，但是當您回到家，遇到逆境——我們每個人都會遇到逆境——的時候，誘惑就會重新出現了。」他說，「我不知道，您的丈夫何時康復，或是即便他康復了也是一樣，無論發生什麼事，您都不能再和他見面，我們會確保他絕對不會來找您。」他問我是否曾經找過別的醫生，我否認了。他也問我，除了杜冷丁，卡爾是否還有給我別的藥物，我提起了保泰松。「這個也一樣危險，」他說，「您同樣永遠不能再服用保泰松。」我告訴他，我今生都不會再碰這些藥物，因為我永遠都不會忘記今日曾經歷的這種痛苦。「會的，」他嚴肅地說，「您會忘記的。當您有一天再次面對同樣的誘惑，您會想，沒關係的。

您會認為自己絕對可以控制份量，而在您尚未察覺時，您又上癮了。」我漫不經心地笑了，「您不相信我，對嗎？」我說。「我們看過太多癮君子的悲慘命運，」他嚴肅地說，「只有大約百分之一的人能真正康復。」接著，他微笑且友善地拍拍我的肩膀。「但是，或許，我相信您是其中一個，因為您的例子非常特別。而且，和許多人相反的是，您有值得活下去的理由。」在他離開前，他允許我能自由走動，也就是說，每天有一個小時的時間，我可以單獨去醫院的庭院裡走走。

時間一天天過去了，我在自己的病房和醫院美麗的院落間來回走動，就像在家裡一樣。偶爾，我會停下腳步和其他出去散步的病人聊聊天。我很依賴工作人員，所以拒絕了轉移到另一個較好的病房的提議。亞貝把我的打字機和衣服都帶了過來。那些衣服看起來都糟透了，因為我已經很多年沒有買新衣服了。她也確認我身上的錢是否夠用，有一天我甚至被准許獨自到沃爾丁堡（Vordingborg）去買了件冬天的大衣。長期以來，我只有一件和艾博在一起時買的殘舊且不保暖的棉大衣。我是在傍晚時分去了城裡。暮色將近，天空已經出現幾顆淡白的星星，因城裡的光芒而顯得黯淡。我的精神狀態十分平靜，也很快樂，而我的思緒總是持續圍繞著艾博。我想起赫樂的話：媽媽，為什麼妳不和爸爸再結一次婚呢？我開始寫很多信給艾博，但是每一封最後都被扔進垃圾桶。我帶給他許多不必要的悲傷，而他永遠不會明白為什麼。

買好大衣後，我立即穿上，沿著大街就往回走，途中也沒有停下來到任何店去看看。我肚子餓了，期待著晚餐。忽然間，一間開了燈的藥房窗口吸引了我的注意力。那裡散發出一種水銀容器和裝滿水晶的燒杯才有的柔和閃光。我在窗前站了很久很久，對那些唾手可得的白色小藥片的渴望，如黑色液體般從我的心裡升起。當我站在那裡的時候，我才恐懼地驚覺，原來那種欲望根植在我心彷如一棵腐敗的樹，或是自顧自生長並擁有自己生命的胚胎，儘管你一點也不想再和這些扯上任何關係。我很不情願地拖著自己，緩慢地向前走。風把我的長髮吹到臉上，我厭煩地把頭髮撥到耳邊。我想起波爾伯的話：*如果您再次面對誘惑*——回到房裡，我拿了一張打字紙，盯著它看。只要把紙剪好，寫下一張保泰松的處方箋，再去藥房買藥，這一切是如此簡單。然後，我又想到，他們是多麼努力地幫助我走到今天，看到我終能康復又是如何為我感到開心快樂，我覺得自己不能讓他們失望。只要我還在這裡，我就絕不能這樣做。我走到浴室，鼓起勇氣，看著鏡子裡的自己。自從那天我被自己的樣貌嚇壞以後，再也沒有照過鏡子。我快樂地對著自己微笑，摸了摸自己圓潤光滑的臉頰。我的眼睛清澈明亮，頭髮光滑。我看起來甚至沒有比實際年齡更老一天。但是，當我躺上床，喝下他們給我的安眠藥以後，我清醒著，躺了很久，藥房的窗口出現在我眼前。我想起服用保泰松的那段時間，我的工作進行得如此順利，只要小心別再過度服用就好了。偶爾服用這些藥物應該無傷大雅，只要小心別讓自己再度被藥物控制。隨即，我又想起戒毒時期那些無止境的痛苦，心想：不，絕不！隔天，我寫信給艾博，問他是否願意來探望我。幾天後，我收到了他的答覆。他寫著，如果我是在幾個月前呼喚他，他會馬上過來，但是，現在他遇到了另一個女孩，他的人生也開始逐漸變得更好了。「妳不能，」他寫著，「離開一個人整整五年，然後期待回來時，一切仍如同往昔。」

讀著他的信時，我哭了。從來沒有一個男人拒絕過我。然後，我想起我們在埃瓦爾茲巴肯的房子，那被忽略的花園和我的三個孩子，他們可能已經不再認識他們的母親，就如我也不覺得自己認識他們一般。我就要回家和他們及亞貝一起生活了，但我覺得，我做不到。在奧林奇療養院剩下來的日子，我不再去城裡，因為，我不想再看到，藥房的那一扇窗。

7

當我再次回到埃瓦爾茲巴肯的家，已經是春天了。連翹和金鏈花垂掛在狹窄碎石路的籬笆上，花香飄揚到花園裡。亞貝準備了一桌巧克力和她自己烘焙的環餅（kringle）[55]，孩子們乾乾淨淨、衣著整齊地坐在桌旁，桌面放滿了充滿喜慶氣氛的餐具及擺飾。桌子的中央放了一個花瓶，裡頭插了鮮花，上面放著一個牌子，以歪斜的大寫字母寫著：「歡迎回家，媽咪。」赫樂告訴我那個牌子是她做的。她以那雙和艾博一樣彎彎的眼睛望著我，等

55 譯注：一種呈環形的丹麥傳統餅乾，味道鹹甜。

著我的稱讚。另外兩個小的，安靜羞澀地坐著，當我伸手想摸摸特琳娜——這隻陌生的小鳥——的頭髮時，她把我的手推開，身體靠向亞貝。「怎麼了，妳不認識自己的媽媽了嗎？」亞貝責備似的說。我想著亞貝是如何引導他們邁出人生的第一步，如何陪著他們牙牙學語、清洗他們的傷口，並在夜裡唱著歌，陪他們入睡。只有赫樂還依舊親近地和我站在一起，陪我說話，彷彿我們不曾分離過。她告訴我，她的父親和另一個和我一樣也是寫詩的女人結了婚。「但是妳比較漂亮喔。」她忠心耿耿地說，同時幫我把杯子注滿，亞貝在一旁笑著。「妳的媽媽，」她說，「也和我第一次見到她時一樣漂亮喔。」孩子們睡著以後，我坐著和亞貝聊到很晚。她買了一瓶黑醋栗白蘭地，我們分著喝，與此同時，我身體裡一種難以言說的渴望漸漸消褪了。「偶爾喝一點點這個，」亞貝說，臉上泛著紅暈，眼睛比平時更為清澈，「比您的丈夫灌入您身體的一切狗屎都好。」「那，」我說，「您是要把我變成酒鬼嗎？看起來我是從灰燼跳到火裡去了。」我們大笑了起來，也約好每週三下午以及每隔一個週末，她可以放假。這個可憐的女孩，已經好幾年沒有放過假了。她問我該為自己做些什麼打算，我建議她在報紙刊登一則徵婚啟事。我自己也會那樣做。「人們本來就不應該獨自生活。」我說。我去拿了紙和筆，我們樂趣無窮地設計了兩則啟事，把自己形容成所有男人夢寐以求的女人。我們開始胡言亂語，當我終於上樓回到自己的房間時，已經很晚了。亞貝用鮮花布置了我的房間，但是，所有往昔曾發生在我身上的一切，忽然間衝入腦海，所以我連衣服也沒有更換就直接躺在床上。我覺得自己看到一個影子，他不斷地撿起灰塵，同時含糊不清地喃喃自語。他現在在哪裡呢？我走過去，打開窗戶，把身子伸出去。天空布滿星星。獵戶座的箭頭瞄準了我，而在昏暗的小徑上，有一對情侶相擁漫步。他們在街燈下止步、互相親吻。我很快地關上了窗，感覺自己又回到了當年和維果．F結婚時的那種心情，到處都是彼此相愛的戀人。我懷著沉重的心情，脫下衣服上床睡覺。然後，我想起自己忘了飲用搭配安眠藥的牛奶。醫院有給我一瓶，波爾伯醫生說這瓶喝完後，會再把處方寄給我。他不希望我去找別的醫生。和我道別時，他說如果我遇到什麼問題都可以打電話給他，他也才好明白我的狀況。我從冰箱裡拿出牛奶，再次回到床上。我服用了三劑——平時，我只服用兩劑——當催眠作用開始散布到全身時，我想著，已經是春天了，我還如此年輕，卻沒有任何男人與我相戀。我不由自主地擁抱自己，把枕頭捲成一團，緊緊壓到懷裡，彷彿它有生命似的。

日子平穩、規律地過去，我總是和亞貝及孩子們在一起。獨自待在房間裡會讓我感到哀傷，而我也失去了書寫的欲望。孩子們漸漸習慣與我相處，如今找我的次數和找亞貝一樣頻繁。亞貝對我說，我該出去走走，見見其他人。她希望我能再次聯繫朋友和家人，但是，在某種程度上，我有點退縮，或許是從前的日子留下的恐懼感，我總害怕有人會發現這屋子裡究竟發生過什麼事。某天早晨，我醒來，心情異常低落。我聽見外面的雨聲，房間裡瀰漫著灰暗沉悶的光線。沃爾丁堡那間藥房的窗口就這樣出現在我的腦海，清晰無比，而這景象在我腦海出現已經不止一次，而是上百次。我看著書桌上的那一疊紙。就兩顆，我想，每個早上兩顆，絕不超過。兩顆會有怎麼樣的傷害呢？我下了床，很不舒服地顫抖著。我走到桌前坐下，找出一把剪刀，剪下一方白紙。我小心翼翼寫著，穿好衣服，對亞貝說，我要來個晨間散步。我簽了卡爾的名字，我非常確定，無論他在世界的哪一個角落，這件事一旦被揭發，他也會幫我掩飾的。回到家後，我吞了兩顆藥，呆立著，看著藥瓶。我幫自己配了兩百顆藥。我想起自己在戒毒時受的折磨，從心靈深處聽見了波爾伯的聲音：您會忘記的。忽然間，我對自己感到害怕，把藥瓶拿去鎖在文件櫃裡。我把鑰匙放在床褥底下，自己都不知道為什麼要這樣做。藥效發揮以後，喜悅感和一股創作動能覆蓋了我，於是我坐在打字機前，寫下了一首我很久前就想完成的詩作第一段。第一段總是輕而易舉。寫完以後，我覺得，這是一首好詩，接著我有一種想和波爾伯醫生談談的迫切渴望。我撥了電話給他，他問我過得如何。「很好，」我說，「天空很藍，草地比平日更綠。」電話那頭安靜了下來。然後，他厲聲說：「聽著，妳吃了什麼？」「沒有，」我說謊，「我只是心情很好。為什麼您這樣問？」「沒事，」他笑著說，「我只是天性多疑。」我走到樓下，去廚房裡幫亞貝一起替馬鈴薯削皮，孩子們在我們周圍跑來跑去。今天是星期天，赫樂不必上學。我們坐在餐桌旁喝咖啡，之後我把孩子們帶回孩童房裡，為他們大聲朗讀格林童話。午餐過後，我變得悲傷，心煩意亂，亞貝擔心地問我發生什麼事。「沒事，」我說，「我只想睡個午覺。」我上樓躺下，雙手疊在腦後，瞪著天花板看。兩顆，我想，不會有多大問題的，比起從前的量，這不算什麼。我走進卡爾的房間，鑰匙並不在文件櫃上。我究竟放去哪兒了？我完全想不起來，忽然間，我被恐慌淹沒。焦慮的汗水從腋下滲出，我在房間翻箱倒櫃，像個瘋子般四處搜尋，並且忽然想起，今天是星期天，所以藥房肯定沒有開門營業。我把書桌的所有抽屜拉出來，翻轉方向，拍著抽屜底部，但是仍然沒有找到鑰匙。我需要吃藥，兩顆就好，除此之外，我什麼都無法思考。我下了樓。「亞貝，」我說，「太糟了，文件櫃的鑰匙丟了，裡面有些資料，我現在一定要用到。我不能等到明天。」務實的亞貝說，我們可以找鎖匠，有一次她把自己鎖在門外，也試過找鎖匠。「他們的工作是不分晝夜的。」她翻了翻電話簿，把號碼給了我。我衝到電話前，在電話裡向一個男人解釋，我有一個櫃子的鑰匙弄丟了，櫃子裡有救命的藥物，我現在立刻就要。接著，男人來了，把鎖撬開。「好了，夫人。」他說，「妳不必再哀傷了。費用是二十五克朗。」他離開以後，我拿了四顆藥，但意識裡清晰、觀察入微的那一個我知道，我的毒癮又犯了，現在只有奇蹟出現才能停止這一切。但是，隔天早上我只吃了兩顆，就像我原先決定的那樣。當誘惑再次來臨時，似乎只要緊緊握住藥瓶，一切就足夠了。藥瓶就在這裡，並沒有消失，藥是我的，沒有人可以從我這裡把藥拿走。

幾天以後的一個晚上，我被電話鈴聲吵醒。「妳好，」一個含糊的聲音說，「我是阿爾納。辛娜現在在倫敦，她回來以後，我們就要離婚了。但這不是我打電話過來的原因。我和維克多現在正在我家小酌，想過去拜訪妳。我們覺得妳到現在還沒見過維克多，實在有點太離譜了。我們現在能過來嗎？」「不行，」我厭煩地說，「我在睡覺。」「那，明天呢，在清澈的日光下？」他不放棄，為了甩開他，我答應了。我把電話線拔掉，重新躺上床，才想起明天亞貝要休假。希望他們不會再打電話來。到了早上，我已把這一切都忘了，我吞了兩顆藥，下樓和孩子們及亞貝一起吃早餐。亞貝在中午時分離開，阿爾納再次撥電話過來，聲音聽起來比昨晚更醉。「我們在綠色酒吧（Den Grønne）小酌，半個小時以後就過去。」掛上電話後，我上樓去吞了四顆藥，好讓自己有能力面對一切。然後，我幫孩子們穿好衣服，和他們一起去街上散散步。當時是七月，我穿著亞貝陪我出去買的一件藍色夏日洋裝。在散步回家的路上，一輛計程車緩慢地行駛過來，我透過窗子看見了阿爾納喝醉的那張圓臉蛋，而在他旁邊是另一張我看不清容貌的臉孔。車子比我們先抵達門口，那兩個男人抱著滿懷的酒瓶下了車。「妳好，托芙，」阿爾納大喊，「我和維克多來了。」我和他們打招呼，而他，那個叫維克多的人，親了親我的手。他看起來沉著清醒的模樣，讓我所有的煩躁都消失了。我放開孩子們的手，他們跑進屋裡。因為面對著陽光，我看不到他的眼睛，但是他上唇的弧度，是我這輩子看過最美的愛神之弓。他整個人散發著一種狂野凌亂的魔力及生命力，讓我十分著迷。我帶著他們走進屋裡，阿爾納立即撲倒在卡爾的床上。我請赫樂幫我照顧一下弟弟妹妹，然後帶著維克多走進我在樓上的房間。他坐下，看了我很久，一句話也沒說。我坐在另一張椅子上，一顆心狂亂地跳動。我感到內心的幸福和驚慌相互交錯；驚慌一如回到童年，那時，母親大哭著說：「我會丟下一切離開。」而我和哥哥根本不知道未來會發生什麼事。維克多在我跟前跪下，輕撫我的腳踝。「我愛妳，」他說，「我愛妳的詩。這麼多年來，我一直很想認識妳。」我伸手將他的臉轉向我，說：「直到今天以前，我一直認為一見鍾情這種事是一個謊言。」我伸手捧住他的頭，親吻他美麗的唇。在他疲憊的雙眼下，有著深深的、煙燻般的暗影，兩道皺紋從他臉頰上滑落，恍若淚痕。那是一張充滿痛苦和激情的臉。「不要離開我，」我急切地說，「永遠都別再離開我。」對一個初次見面的人說這種話，實在相當怪異，然而維克多看起來並沒有對我的話感到驚訝。「不，」他說，並把我拉進懷裡，「我永遠不會離開妳。」之後，我們下樓去看孩子們，在我還在奧林奇療養院時，他們已經見過他一次。「看這裡，赫樂，」他說，「這裡有十克朗。妳去幫你們三個人買些紅色糖果吧。」用餐時，赫樂興奮地看著維克多，說：「媽媽，妳和他結婚好嗎？這樣我們家又可以有個爸爸了。」維克多大笑，「我會考慮的。」他說。

「我瘋狂地愛上你了，」當我們一起躺在我床上時，我幸福地說，「你今晚會留下來過夜嗎？」「會的，我這一生都會留在這裡。」他說，露出了耀眼的牙齒微笑著。「你的妻子怎麼辦？」我問。「我們擁有愛的權利。」他說。「這樣的權利，」我親吻他，說，「也給予了我們傷害他人的權利。」我們愛著彼此，幾乎說了一整晚的話。他和我分享他的童年，雖然和艾博的童年很相似，但我聽來仍覺得像是第一次聽到這些故事。我告訴他和卡爾在一起度過的那瘋狂的五年，以及我在奧林奇療養院的經歷。「我不知道，一個人會因為成癮而病得這麼嚴重，」他訝異地說，「我一直以為那就像是我們喝了太多酒而已。我們總得靠點什麼來熬過人生啊。」等他終於入睡以後，我躺著端詳他那精緻的鼻翼以及完美的嘴唇。我想起那次對亞貝說：「居然能對某個人，有那麼多的感受。」現在，我也可以了，這是我認識艾博以來，第一次再度擁有這種感覺。我不再孤單了，我也感受得到，他對我說此生都會留在我身邊並不是因為他喝醉才說的話。我服下安眠藥，依偎著他。他的金髮，有著孩子們頂著太陽在草坪上玩耍回到家以後，那種好聞的氣息。

8

從那時起，維克多和我幾乎一直都在一起。他只有在需要他的妻子幫他洗燙一件襯衫時才回家，我笑說，多年以後，這或許也將是我的命運。他有個四歲的小女兒，他非常疼愛她，經常提起。他每隔一天就會翹班一次，當他出現在辦公室裡的時候，我們每個小時都通電話。他和艾博一樣主修經濟學，卻對文學有更強烈的喜好，這點也和艾博一樣。他會在我房裡跑來跑去，假裝自己是托爾斯泰《戰爭與和平》（*War and Peace*）裡的安德烈公爵（Prince Andrei）或是《三劍客》（*The Three Musketeers*）裡的達太安（d'Artagnan）。他會以一把無形的劍與空氣對戰，上演各種大型戰鬥場景，自己扮演所有的角色。他瘦長的身影在房裡四處移動，嘴裡同時還會說出各種台詞，直到他累了笑倒在床上為止。「我是生不逢時，」他說，「晚了幾百年。但是，如果我生長在那個年代，我就永遠不會與妳相遇。」他把我拉進懷裡，然後我們就遺忘了世界裡所有的一切。我們的慾望往往才稍歇便能馬上被喚醒，所以孩子們又得再交給亞貝照顧。「愛情的可怕在於，」我說，「你對他人完全失去了興趣。」「是的，」他說，「然後也總是以痛苦的方式結束。」某天他興高采烈地回來，說他的妻子要求離婚。所以他只帶了衣物和書本，就搬進來和我住在一起。他對物質向來都不甚在乎。幾乎在同一個時間點，一名律師打電話給我，說卡爾委託他處理我們的離婚手續。他向我解釋，卡爾要求把房子賣了，他能獲得一半收入。「那就賣了吧，」維克多說，「我們可以再找其他的地方住。」

但是，我們的幸福時光正悄悄被陰影覆蓋，只是維克多尚未察覺。我開始服用越來越多的保泰松，害怕自己一旦停止保泰松就會生病。我失去了食慾，開始消瘦，維克多說我看起來就像隻注定要被獅子吃掉的羚羊。我任意且毫無規律地服食藥物，根本不知道自己究竟需要多少。偶爾，我會想打電話給波爾伯，把一切都告訴他。我也經常想著告訴維克多，但是出於一種害怕失去他的恐懼，我終究什麼也沒說。

一個星期天的早晨，我們騎著腳踏車去鹿園（Dyrehaven）[56]附近一間幽僻的小餐廳喝咖啡，那裡已經成了我們常去的地方。出發前，我吞了四顆保泰松，但是我忘了把藥瓶隨身帶著。我們坐在那裡，四目相對，服務員極有耐性地對著我們微笑。「天知道他在想什麼，」我說。維克多大笑說，「妳一定知道，相愛的人看起來總是如此荒謬。他只是覺得我們很有趣。」他伸出手，覆蓋著我的手。「妳看起來像個宮女（odalisk）。」他說，同時還得向我解釋宮女的意思。天空是無法擊碎的藍，鳥兒們的歌聲裡有一種特別的、春天的歡欣。一隻黃鶺站在紅格子桌巾上，吃著麵包屑，這一刻就此無聲無息在我的記憶定格，彷彿日後無論發生什麼事，我也隨時能將這個時刻取出重溫。我們手牽著手，在樹林裡漫步，我告訴維克多，關於那段和維果・F的婚姻所發生的事，以及那時如何無法再承受看見相愛的年輕戀人的畫面映入眼簾。時間飛逝，維克多建議我們回餐廳吃午餐。忽然間，我被一陣寒意突擊，像是有人從後面攻擊我一樣，我知道那意味著什麼。我甩開了維克多的手。「不，」我說，「我想回家了。」「不，」他驚訝地請求，

56 譯注：位於哥本哈根北部郊區的一處森林，曾是昔日皇家狩獵場，風景怡人，二〇一五年被列入聯合國教科文組織世界遺產，直譯為「鹿園」，現今公園內亦以自由放養超過兩千頭鹿而聞名。

「我們現在興致高昂。該回家的時候再回去吧。」我呆立著，雙手環繞著自己，彷彿這樣能給自己些許溫暖。我的嘴裡開始充滿唾液，覺得自己快要嘔吐了。忽然間，我脫口而出：「你知道嗎，家裡有些藥，我現在一定得馬上服用。我不能待在這裡了。我們現在就回家好嗎？」他憂心地問我是什麼藥，我說，即便告訴他，他也不會知道。「所以，妳的毒癮並沒有戒掉，」他不安地說，「我以為妳有了我，就足夠了。」當我們騎車回家時，我告訴他，會慢慢戒掉的，因為我不想再這樣下去。有了他，就足夠了，只是在生理上仍無法放棄藥物。我快速地踩著腳踏車，同時告訴他，我會打電話給波爾伯醫生，問他該怎麼做。「妳一到家，立刻去做。」他以一種我從未看過的威嚴語氣說道。回到家後，我吞了四顆藥，接著就打電話給波爾伯醫生。「我戀愛了，」我說，「我們同居了，他的名字是維克多。」「我希望他不是一名醫生。」波爾伯醫生說。接著，我告訴他那些偽造的處方箋，說我不想再這樣下去，但是憑己之力無法做到。他安靜了片刻。「讓我和維克多說話。」他簡短地說。我把話筒交給維克多，波爾伯醫生和他講了一小時左右。他向維克多解釋成癮是怎麼一回事，以及，如果他愛我，他將要面對的是怎麼樣的一場戰鬥。放下電話後，維克多彷彿變了一個人。他的臉上散發出一種冷漠卻堅定的意志，把手伸向我。「把藥給我。」他說。我害怕地走進房裡，把藥拿給他，他把藥全放進口袋裡。「一天兩顆，」他說，「我不會多給，也不會少給。當這些藥都吃完以後，一切就停止了。不許再假造處方箋。如果讓我發現妳再假造任何一張處方箋，我會馬上離開妳。」「你不愛我了嗎？」我哭著說。「我愛妳，」他簡短地說，「所以我必須這麼做。」

接下來的幾天裡，我非常痛苦。然而，一切還是過去了，我們又恢復了往昔的快樂。「現在，一切真的過去了，」我承諾他，「對我而言，在這個世界上，你比任何藥物都重要。」我們把房子賣了，然後和亞貝及孩子們搬進了一間位於菲德烈堡（Frederiksberg）的四室公寓裡。

秋季裡的一個夜晚，赫樂生病了。她走進我們房裡，爬上床，因發燒而顫抖著。她喉嚨痛，我幫她量了體溫，超過四十度。我問維克多該怎麼辦，他說會打電話給夜班的醫生。半小時後，醫生來了。他是一個高大友善的男人，他檢查了赫樂的喉嚨，給她開了青黴素。「小孩比大人更容易發燒，」他解釋說，「但是，安全起見，我還是幫她打一針吧。」當他打開他的手提包，我看見了針筒和小玻璃瓶，我以為那已被深深埋藏、對杜冷丁的渴望，以一種無法抗拒的力量占據了我所有的意識。維克多總是比我先入睡，而且睡得很沉。隔天夜裡，我悄悄下床，小心翼翼地拎起客廳的電話聽筒。我撥通了夜班醫生的電話號碼，屈膝坐在一張椅子上，等著。我把大門打開，這樣他就不必按門鈴了。我非常害怕被維克多發現，但是欲望戰勝了恐懼。醫生抵達時，我說我的耳朵痛得難以忍受，他檢查了我那隻動過手術的耳朵。「您對嗎啡過敏嗎？」他問。「不行，」我說，「嗎啡會讓我嘔吐。」「那我給您別的。」他說，接著灌滿了針筒。我祈求上天，希望他給我杜冷丁。果然是杜冷丁，當我再次躺在沉睡的維克多身邊時，往日那種甜蜜與幸福的感覺遍布全身。我太快樂了，毫無所覺地心想，我可以隨心所欲地這樣下去。因為被發現的機率實在是太低了。

然而，不久之後的某個夜裡，當醫生正要為我注射時，維克多忽然出現在客廳。「這裡他媽的發生了什麼事？」他生氣地對著被驚嚇的醫生大吼，「她沒有生病，請您馬上離開，永遠不許再踏進這裡一步！」醫生離開以後，他用力地抓著我的肩膀，抓痛了我。

「妳這個被詛咒的小魔鬼，」他咆哮地說，「如果妳再這麼做，我會馬上離開妳。」

但是，他沒有，他一直都沒有離開我。他以永不熄滅的激情和一種讓我害怕的憤怒，抗衡著那可怕的對手。每當他快要放棄抗爭時，他就打電話給波爾伯醫生，醫生的話語會再度給他力量。我不得不放棄夜班醫生，因為維克多幾乎不敢睡覺了。但是，當他出門去上班，我就去找其他醫生，輕輕鬆鬆就能說服他們為我注射藥物。為了保護自己，我會在傍晚時對維克多坦白一切。他打了電話給許多醫生，威脅他們說會向衛生部舉報，所以我再也無法從這些醫生那裡取得藥物。但是我對杜冷丁的瘋狂飢渴，始終能讓我找到新的醫生。我幾乎停止進食，再次消瘦，亞貝非常擔心我的健康狀況。波爾伯醫生告訴維克多，如果我再這樣下去，必須強制入院，但是我懇求維克多讓我留在家裡。我懺悔、承諾自己會好起來，卻一再違反承諾。最後，波爾伯對維克多說，唯一永久的解決辦法，只有搬離哥本哈根。我們那時並沒有太多錢，但是能向哈塞爾巴赫（Hasselbalch）出版社貸款，得以在伯克羅（Birkerød）買了一間房子。鎮上只有五個醫生，而維克多立即就去一一拜訪了他們，禁止他們和我有絲毫瓜葛。於是，最後，我無法為自己取得任何藥物，漸漸地，才適應了如何去接受生活原本的樣貌。我和維克多彼此相愛，擁有彼此和孩子們，這樣便已足夠。我重新開始寫作，而當現實再次讓我惱怒的時候，我會買一瓶紅酒和維克多分享。終於，我從多年的毒癮裡被拯救了。然而，即便今天，當我必須驗血，或者經過藥房的窗子時，那陳舊的欲望，隱隱約約，還是會從我內心深處被喚醒。只要我活著，這股欲望，就永遠不會徹底消失。

特別收錄

寫作是唯一永恆的愛與動力

黛・普蘭貝克（Dy Plambeck）57

我認為，《毒藥》是托芙・迪特萊弗森的主要代表作品。在這本書裡，我們看到了一位優秀的作家面貌：她肆無忌憚卻又脆弱，幽默卻也殘酷，坦率且充滿了愛。在《毒藥》中，作為一個小女孩和一位堅韌的獨立女性，托芙・迪特萊弗森抵達了創作高峰。對於成癮、墮胎、不必要的耳疾手術以及對婚姻的不忠，托芙・迪特萊弗森那種坦率、輕佻的輕描淡寫，在讓人驚訝之餘，同時也讓人感到她其實傷痕累累，甚至能感受到針頭是如何刺入她的體內，刺入所有男人、女人，以及托芙・迪特萊弗森極度渴望卻又無法忍受的資產階級的人生。

有一種作家，其人生和作品是融為一體的，托芙・迪特萊弗森便是這類作家的代表。《毒藥》是回憶錄。這本書在一九七一年出版時，所引發的傳聞及媒體熱議，也連帶讓本書掀起銷售熱潮。這本回憶錄也激起了托芙・迪特萊弗森的兩位前夫——艾博・蒙克（Ebbe Munck）及卡爾・里伯（Carl Ryberg）——家人的強烈抗議。但是這類事情，托芙・迪特萊弗森已經習慣了。在她整個寫作生涯中，經常被家人或朋友責備，覺得她和他們的生活「靠得太近」。「寫作時，我絕不為他人著想」，《毒藥》裡那一個無名的

---

57 一九八〇年出生於哥本哈根，丹麥作家、詩人，被譽為同輩中最具原創性和才華的作家之一。

主人翁這樣說，這，也是托芙．迪特萊弗森所秉持的寫作原則。

《毒藥》寫的僅僅是托芙．迪特萊弗森自己的人生嗎？或許並不完全如此。「一切都是杜撰的，包括報導文學。」托芙．迪特萊弗森曾在一次訪問中這樣說。這本回憶錄，其實也是一個普通人的故事，關於一個女人如何被男人、藥物及寫作而分裂的故事。

以巨大勇氣完成的作品

當我閱讀《毒藥》時，無法理解現代主義的批評，他們認為托芙．迪特萊弗森的寫作方式並不成熟，過於老派。但是在出版四十年後[58]的今天，無論是本書的主題——對於基本生存條件面臨分裂的描寫，本書的衝突——關於事業與家庭如何結合的描述，以及本書的寫作風格，都是如此當代且合乎時宜。對於讀者來說，《毒藥》不是一本七〇年代的懺悔文學，而是類似後現代主義之後盛行的表演舞台：一部帶著面具和身分、涵括真相和語言圖像的戲劇。

同時，《毒藥》也是以一種巨大的勇氣完成，我不曾在任何其他文學作品裡有過類似的體驗——從本書的第一頁開始，便以極高的說服力緊緊吸引讀者。那是文學的力量，一部好的文學作品，會讓我們忘了作品的虛構性，忘了書中的角色是出於杜撰。《毒藥》便是這樣一部作品。那些以為托芙・迪特萊弗森僅僅是為了女性而書寫關於女性課題的男人，應該都從這本書開始閱讀。當主角描寫到她的手臂再也找不到任何沒有堵塞的血管，因此只能在腳上尋找時，讀到這個段落卻不為此感到反感的人——無論男人或女人，我都想見見。這段描繪雖然讓人震驚，卻以一種獨特的方式肯定了人生。

58 本篇文章完成日期為二〇一二年，距《毒藥》於丹麥首次出版四十年。

本書的書名有三層意義。描寫了一個女人的婚姻——一段正常的婚姻關係、書中讓主角上癮的針筒裡的毒藥，及婚姻裡的寫作。這三種元素都有致命的危險。

分裂、渴望、拉鋸

《毒藥》描寫了一個女人同時身為母親及職業女性所面臨的分裂、她對正常人生幸福的渴望，以及對自由和自毀的欲望之間的拉鋸。這樣的分裂，托芙・迪特萊弗森早在她第一本詩集《少女心》（一九三九年）所收錄的一首詩作裡即已表現出來，那首詩名為〈認知〉（Erkendelse）。她描寫一個女人摔破了童年家裡一個美麗的花瓶，只因為無法抗拒自身那種想破壞的欲望，她在結論這樣寫著：

人們所託付於我的一切，皆從我手中殞落
因此，為了我們巨大的幸福
我的朋友，請別對我寄予關心

《毒藥》裡的主人翁，被一種毀滅的欲望驅使，這種欲望不是作為一切的結束，而是為了生命的開始。她透過達到迷幻的狀態，來完成自己想超越僅僅身為一個人類的想望，而這種迷幻的狀態是如此迷人且強烈，能為她帶來與寫作時同等的沉醉及幸福感。她那無數次的婚姻、無數次的墮胎，以及無數次的藥物注射，都是為了達到這種狀態。

對於《毒藥》的主人翁來說，寫作是她唯一永恆的愛和驅動力。作為一個讀者，我們第一次遇見她時，便能發現，在她寫作的同時，她週遭的世界正逐漸淡出。那是一個清晨，她的丈夫維果・

F還在睡夢中，而她在寫小說。寫作是她一生的愛情，也是她渴望與男人們的關係裡能得到的那種愛情。她一而再、再而三地強調，只有在寫作時，她才覺得幸福。為了寫作，她在清晨五點鐘起床。因為在那個時間裡，她可以對週遭的世界毫不關心，她可以把孩子擱置一旁。也是因為想起那些尚未被寫就的著作、那些總是浮現在她腦海裡的句子，把她從床上拉起來，打電話向醫生求救，住進療養院展開戒毒的旅程。寫作讓她有了抗戰和生存下去的毅力。

在書中主人翁的現實世界裡，她渴望能找到一生的摯愛，她想成為主婦和母親，卻無法嚴肅地對待這些角色。她可以在心裡揣著一個孩子及對其深深的愛意，書寫有關孩子們的一切。她可以書寫她在童年時如何被辜負，她與母親間充滿問題的關係，卻無法好好成為孩子的母親。

開放式結局的成長小說

《毒藥》借用了傳統成長小說（Bildungsroman）[59]的結構——以個人為中心，主人翁決定要尋找幸福，了解恐懼，走向世界，並且經歷各種事情，只為了最後再次找到歸宿。《毒藥》裡的主人翁在小說的結尾，並沒有找到她的歸宿，但是她和維克多找到了一個家的可能性，是開放的結局。維克多扮演的角色，是一個可以把主人翁從毒癮深淵拯救出來的浮板，但危機早已潛伏在他們熱情幸福的愛情之間。「我們擁有愛的權利。」小說中的維克多這樣說，有關這點，書中主人翁這樣回答：「這樣的權利，也給予了我們傷害

59 譯注：成長小說，又稱教養小說或教育小說，常常描述一位主人翁對世界種種事情的經歷及領悟。所有事情大部分發生在主人翁的青少年階段，敘述時間可能長至數年甚至數十年。

他人的權利。」

愛情會傷人，小說主角和維克多將會互相傷害彼此，就如她和前幾任丈夫所經歷過的那樣：第一任丈夫，比她年長三十歲的編輯維果．F，她嫁給他是為了接近文壇；第二任丈夫，艾博，完成了她對普遍幸福人生夢想的渴求；第三任丈夫，醫生卡爾，和他之間那種毀滅性的關係，讓小說主角染上了毒癮。卡爾是她三任丈夫當中最憤世嫉俗的一個，因為他看穿了她。他知道如何能讓她和他建立關係，他知道他的首要任務是：他必須讓她無法寫作。而他的武器是注滿杜冷丁的針筒。

矛盾的女性主義

《毒藥》一書出版於七〇年代初期，也是女性運動展開的時期，然而，托芙．迪特萊弗森並不把自己視為女性運動的參與者。

她將「紅襪子」（Rødstrømpe）[60]比喻為鬥牛犬，而作為當時《家庭日記》（*Familie-Journalen*）的專欄作家，她不斷鼓勵女性讀者留在不幸的婚姻裡，鼓勵她們妥協與屈服。一名有了五個孩子的女讀者，因為愛上一個有著兩個孩子的有婦之夫而想離婚，托芙・迪特萊弗森冷酷地在回信裡寫道：「七個孩子，兩個女人和兩個男人，您不顧一切追隨己心而尋求的幸福，並不值得付出這樣昂貴的代價。理智一點，留在原地吧。」

然而，在某種程度上，《毒藥》仍舊是屬於女性主義的故事。這個故事描寫了一個年輕的女人，以為她必須依靠婚姻才能獲得想要的社會地位，最終還是成為一位獨立女性，透過寫作創造了自

60　譯注：紅襪子運動是一九七〇年展開的丹麥女權運動，一直持續到八〇年代中期。紅襪子即指參與運動的女性們。

己的人生及空間。她領悟到，她無需依靠男人維生。她自己就能做到。作為一個讀者，我們彷彿聽見吳爾芙（Virginia Woolf）在其女性主義著作《自己的房間》（*A Room of One's Own*）[61]裡的那個聲音，書裡表明，一位女性若想成為一名作家，必須擁有屬於自己的房間，每年可以賺到五百英鎊。托芙．迪特萊弗森在寫給她的朋友艾絲特．納戈爾的信裡也有類似說法：「實際上，一個女人如果不是嫁給一名百萬富翁，根本不該生育，或是應該安排五十歲後才開始生小孩。」從她的內心，以及作為她個人的守護者，我們很難不把托芙．迪特萊弗森視為女權運動者，但是她從來不是任何政治組織的成員。據說，他們讓她感到噁心。

托芙．迪特萊弗森在和她的第四任丈夫——維克多．安德烈森——的婚姻出現問題時，開始書寫《毒藥》。她搬到夏日度假屋裡撰寫回憶錄，因為維克多的情人搬進了他們的房子裡，而他們在家的時候，她無法專心寫作。她以嘲諷的筆調把這段經歷寫進一九七五年出版的《關於自己》（*Om sig selv*）這本書裡。但，即使托芙·迪特萊弗森坐在愛情這顛覆的小船上、儘管她寫下了那一句「愛情的權利，就是傷害他人的權利」的警句，她還是堅決地寫出一個帶有希望的結局。一個相信關係可以維持的希望。一個相信愛情依然存在的希望。一個可以傳遞給讀者並且讓他們繼續懷抱著的，希望。

61 譯注：英國作家吳爾芙被譽為二十世紀現代主義與女性主義的先鋒，本書為其重要作品之一。其中對於女性書寫的空間與意義有精闢的敘述，並做了一個結論：「女性若要寫作，一定要有錢和屬於自己的房間。」

大部分的人們都說自己有個快樂的童年，
或許他們的確如此相信，我卻是不信的。
我覺得，他們只是成功地把童年遺忘了。

《童年》 哥本哈根三部曲 1

出身於哥本哈根的工人階級社區，托芙自幼即感到自己與週遭世界格格不入。她早熟的心思只能被偽裝在童稚的軀體裡，對閱讀及創作的渴望卻已在心中萌芽。她意識到內心有一種無以名狀的渴望：有一天，她必須痛苦但不可避免地，離開童年時代的狹窄街道……

托芙以詩人之眼窺探生命，在書中記錄了成長經歷中幽微的曲折心徑，包括緊張的母女關係、矛盾的兄妹情感、鄰里間的神祕故事、同齡女孩間的友誼——字裡行間充滿嘲諷及銳利的黑色幽默，讀來讓人揪心卻也感同身受。文辭優美，意象生動，獨特細膩的文風貫穿全書。

我自己也不知道童貞和寫詩究竟有什麼關係，
又該如何說明兩者間奇怪的聯繫呢？

《毒藥》 哥本哈根三部曲 2

出身於工人階級家庭，托芙被迫提前離開學校，開始卑微的低薪工作及曲折的職業生涯。但她渴望詩歌，渴望愛情，渴望真正的生活，也歷經青春期的陣痛與考驗：艱難的職場文化及勞資關係、情感問題，同時利用閒暇時間繼續寫作。她極早便認清創作是她的熱情所在，為了擁有「自己的房間」，她選擇離家，憑己之力追求夢想，也在追尋自我的路上陷入迷惘……

托芙嚮往愛情，卻不懂得愛情。母親催促她早日嫁人，深信婚姻才是女人最好的歸宿，但是創作的熱情已讓她逐漸邁向獨立之路。書中對於女性徘徊在愛情與自我實現間的心理轉折及繽紛多姿的青春期生活，有精彩刻劃。站在前往成人的階段，全書充滿對人生不確定的燥動與渴望，熾烈而美麗。

國家圖書館出版品預行編目（CIP）資料

毒藥：哥本哈根三部曲 . 3/ 托芙 . 迪特萊弗森 (Tove Ditlevsen) 著；吳岫穎譯 . -- 新北市：遠足文化事業股份有限公司潮浪文化，
2022.07 面；　公分 譯自：Gift : Kobenhavnertrilogi. 3
ISBN 978-626-95748-6-5(平裝)

881.557　　111008820

文學聚落 Village 003

毒藥

哥本哈根三部曲 3

Gift : Kobenhavnertrilogi Ⅲ

作者	托芙・迪特萊弗森（Tove Ditlevsen）
譯者	吳岫穎
主編	楊雅惠
校對	吳如惠、楊雅惠
視覺構成	王瓊瑤
社長	郭重興
發行人兼出版總監	曾大福
出版發行	遠足文化事業股份有限公司　潮浪文化
電子信箱	wavesbooks2020@gmail.com
粉絲團	www.facebook.com/wavesbooks
地址	23141 新北市新店區民權路 108-3 號 8 樓
電話	02-22181417
傳真	02-86672166
法律顧問	華洋法律事務所　蘇文生律師
印刷	中原造像股份有限公司
出版日期	2022 年 7 月
定價	360 元
ISBN	978-626-95748-6-5(平裝)、9786269574889(PDF)、9786269574896(EPUB)